方向音痴な
英雄騎士様の
座標になったようです
～溺愛は遠慮します～

方向音痴な英雄騎士様の座標になったようです

～溺愛は遠慮します～

月白セブン

Illustrator
三廼

この作品はフィクションです。
実際の人物・団体・事件などに一切関係ありません。

方向音痴な英雄騎士様の座標になったようです
～溺愛は遠慮します～

◆一章◆

クローディア大森林――。

青々と生い茂るどころか、鬱蒼（うっそう）とした木々で常に薄暗いこの森に、道などどこにも存在しない。

獣以外に大きな生命の存在はないはずのそこに、今、二人の男女がうずくまっていた。

背を木にもたせかけたままぐったりとしている男は、目元を赤らめ、息も荒い。

男のそばにいた女は、今にも自分を襲ってしまいそうな男を、「どうどう」といなすように座らせる。

小さな声で「ちょうど良かった。どこで手に入れようかと思ってたんだよね。わぁ……こんななんだ」と呟（つぶや）き目を見開きながら、男のそそり立つそれに手をかけ、上下に扱（しご）き始めた。

「多分……これであってるはず」

「う……ぁ、……っっ！」

「あ、大丈夫そう」

艶やかな声を出す男に「うんうん、出していいよー」と棒読みで返す女。

どうせ覚えていないだろう、助けてあげたんだからちょっと協力してくれ、世の中はギブアンドテイクだよ、お兄さん、と考えながら、片手で淡々と彼自身を刺激し、反対の手に持っていた採集瓶の中に、飛び出した白濁の液を入れて密閉した。

——このとんでもない状況のせいで、まともな判断ができていなかったとしか言いようがない。女は、普段ならこんな選択は決してしていなかっただろう。

「……随分いっぱい出たね。よしよし、これならたくさん作れそう！」

お目当ての薬ができそうなことで、喜びに満ち溢(あふ)れた女は……男のことをすっかり忘れ去って、採集瓶の中身を見つめ続けている。

「あ、ごめん、忘れてた」と謝りながら男に肩を貸し、ずりずりと引きずるようにして野営地まで連れていったのは、それからしばらくした後のことだった。


ナーサン王国の西の端に、ほとんど人の立ち入ることがない大森林がある。

足を踏み入れれば惑わされ、迷う。大小様々な魔物がはびこり、一度入れば生きて帰ることは出来ないといわれているのが、このクローディア大森林。

植物の成長スピードが異様に早いその大森林は、開拓しようと道を作っても、翌日には草で覆われてしまう。特殊な環境で魔術も効かないため、法で規制されているわけではないが、禁忌の場所として扱われるようになって久しい。

クレアは、このクローディア大森林でしか生息しない、貴重な薬草の数々を採集しに来た王都の薬師だ。獣や魔物除(よ)けにたくさんの薬を自身に振りかけ、襲われないように準備するのも、道なき道を行くのもお手のもの。

半年に一度のペースでこの森に入り、薬草をどっさりと採るのだけれど、すでにここに来て三日。お目当てのものは採集できたし、明日の朝には大森林を出発しようとしていた。

めぼしい場所を見つけ、今日の野営の準備をし、魔物が来ないよう周囲に結界石を配置。火を熾し食事の準備をしていると、どことなく胸がざわついた。

（……なにか、いる？）

身体中に新たな魔物除けの薬草を振りかけ、松明とナイフを手に、ポシェットの麻痺薬もすぐ使える状態にスタンバイ。

なんとなく気になる方向に行くと、なにかがうめく声が聞こえた。

動物だろうか——？　大きななにかが横たわっている。

近寄るとそこには……薄汚れ、騎士の服を着た男性が倒れていた。

死体を見たことはないし、もちろん見たいと思ったこともない。

（気づかなきゃ良かった。あぁ、面倒くさい）

こんな森の中の、自分のすぐそばに……遺体。

気づかなければそれまでなのに、気づいてしまった以上埋葬するしかない。身元の分かるものを届けたりしなければならないのだろうか。

そう考えていたら、遺体が……ピクッと動いた。

「うきゃーーーーーっっっ!!!?」

クレアは飛び退いた途端に尻餅をつき、ガサガサと虫のように後ろに這った。

心臓が口から飛び出そうなほど驚いている。水色の大きなどんぐり眼は、さらにまん丸になっていて、もはや半泣きだ。

「え、生きてるの……？」

クレアはその辺の枝を持ち、ツンツンと男をつつく。

「……ぅ、み……みず……」

（生きてたーーーっ!?）

「水っ、水ね……っ！　待ってて！」

ベビーピンクのポニーテールを揺らして、クレアは即座に野営地に戻り、飲み物と食べ物を手に取り、男の元に戻った。

通常、こんな場所に騎士が来ることなんてあり得ない。

もしかして、とんでもない失敗をして流刑にでもなったのだろうか、実は犯罪者だったりするのだろうかと。色々な考えが頭に浮かんだが……。

ひとまず薬師という仕事上、面倒ながらも助けられそうな命なら救いたい。

水を差し出すと、男はむせながらもグビグビと飲み干し、ゆっくりと身体を起こした。

薄汚れていた上に倒れていたから年齢不詳だったが、思ったよりも若く……よく見ると整った顔立ちをしているようだ。

この騎士服は、王都の第一騎士隊という花形職業のはず。

「だ、大丈夫ですか？　なにか食べられますか？」

「………ありが、と……でも…………」

弱々しく掠れた声。ほとんど目も開かない状態の彼は、ずいぶん衰弱しているのが分かる。

食べる気力もないのだろう。

「では一粒で栄養もエネルギーも抜群のこの薬を飲むといいですよ。——あ、私は王都で薬師をしているクレアといいます。ここには薬草の採集のために来ているので、怪しい者ではないです」

薬のうたい文句は怪しさ満点だが、本当だ。

クレアの店の人気商品でお値段は張るが、一粒くらいならあげたっていい。

こんな人っ子一人いない森の中で死にそうなのだから、ここで死なれる方が後味が悪い。

男はクレアの手から薬を取ろうとするが……水を飲むだけで精いっぱいだったのだろうか、そのまま力尽き、ぐったりと目をつぶってしまった。

「……え、ちょっと……ねぇ、ほらもう一回水飲んで!?」

男の口の中に無理矢理薬を入れたが、水を入れようとすると、ダラダラと口からこぼれてしまう。

これは……もしかしなくても、もうダメだろうか。

「えぇー……やめてよ、もうっ……仕方ないなぁ」

目の前で死なれたくない。

自分の野営地の近くに瀕死の人がいるのもイヤ。

——ただそれだけ。

クレアは水を口に含み、もう一度彼の口に薬を入れ込んだ。彼の顔を少し上に傾けながら、口移しで水を飲ませる。

見ず知らずの人に口移しをするなんてあり得ないし、普通なら絶対にしない。

クレアはそもそも浅い付き合いを望む人間だから、二十三年間、彼氏だっていたことがないし、欲しくもない。

初めて誰かと唇を合わせたのが――人命救助。

ゴクンと男が飲み下し、口の中の薬がなくなったのも確認すれば、ようやく安堵した。

満足げなクレアは、「ま、人命救助だからノーカウントね」と自分を納得させる。

――そして、三分後に異変は起きた。

こんなに大きな男を頑張って運ぶべきか、それともここに置いたままでも良いかと考えていたら、男の心拍数がやたらと速くなり、汗ばみ始める。

頬は紅潮し、息も荒くなるその様子は、人によっては色っぽく淫らな……と形容するかもしれないが、クレアには微塵もそんな考えは浮かばない。

「……え、やだ、なんで？　薬、合わなかった!?」

基本的に誰でも飲める薬だ。

ただ、魔力が強すぎる魔法使いなどとは相性が悪く、性欲が大幅に高まってしまうという。

でもこの男は第一騎士隊所属のようだし、魔法使いではないはず。

そもそも、普通の魔法使いですら飲めるのだ。飲めないのは、ほんのひと握りの高位の魔法使い。

けれどこの男の性欲が明らかに高まっているのは、一目見ただけで誰だって分かる状態。

だって――ソコは、はちきれんばかりに膨らんでいるから。

即効性のある栄養薬で多少回復したのか、目を開けた男はクレアに熱のこもった視線を投げかけた。

男のヘーゼルの瞳が、潤んでいる。

（あれ？　これもしかして私、やばくない……？）

自衛のために持っているポシェットを探り、中にある麻痺薬を確認した。完全に弱っている彼にこれを使うことは、本来全く好ましくはない。

が、犯されるのもまっぴらごめんだ。

麻痺薬を使おうとポシェットの中に手を伸ばしたとき、コツンと別の瓶が手に触れた。

それはこの二か月、どうしようかと悩んでいたもの。頼まれている薬の作り方は分かるけれど、一番重要な素材の収集が、どうしてもできなかった。

クレアはその瓶と、目の前のそそり立つモノを交互に見比べた。

「――――ラッキー‼」

どうしても用意できなかった薬の素材は、若い男の『精液』。

依頼されている薬は『男性を元気にする薬』。

……まぁそういうことだ。

栄養薬の興奮作用中は記憶すら途切れるほどだけど、一度抜けば落ち着くらしい。ということは、きっと何があっても覚えていないだろう。

「これも人命救助よね。そんで一石二鳥」

薬を作る以外での面倒を嫌い、比較的利己的なクレアにとって、これはあくまでも素材収集と人命救助。

いつになくテンションが上がっているクレアは男のベルトを緩め、なんの躊躇いもなく出したソレを見つめる。比べる相手のいない彼女にとっては「絶対こんなの入んないな」という感想しかなかった。

クレアを抱きしめようとする男をなだめながら彼自身に手をかけ、あっという間に人命救助……という名の採集を済ませた。

――――そのころ、男自身は……。

大きな空色の瞳にピンク色の髪の聖なる乙女が舞い降り、死にかけの自分に口づけをすると、素晴らしい心地よさの中で回復をする、という夢を見ていた――。

あながち夢ではないが。

†

翌日の森は、いつものように清々しい……どころではなく、毎朝毎朝、鳥たちの声で騒々しい。

でもお邪魔させてもらってるのはこちらだから、アウェイの自分に何かを言う権利などない……と

クレアは真顔になりながらも目を覚まし、朝食の用意を始めた。

あの男も食べるだろうとスープを作り、パンを軽く炙る。

見たところ男は特に大きな怪我はなく、衰弱と擦り傷だけのようだった。さすがに自分が寝ている間に男が起きて襲われたくはないので、時間計算をして、魔力に反応しない睡眠薬を嗅がせておいたから、クレアもぐっすり眠れた。

そろそろ起きるころだろうかと思っていたら、テントの中からごそごそと男が出てきた。

クレアはにこやかに微笑みながら、朝の挨拶を告げた。

営業スマイルが得意なクレアは、自分が現金な性格だと自覚している。

「おはようございます。身体の調子はどうですか？　昨夜のこと、覚えていますか？」

「……えっと、あの……助けてもらった、んだよね？　あんまり覚えてないんだけど、自分が死にかけてたのだけは分かる。本当にありがとう」

「まぁ無事で良かったです。すぐそこに小川があるので、顔を洗ってきたらいかがですか。戻ったら食事にしましょう」

「え………あ、うん……」

彼はいきなり暗い表情になって、クレアが指差した方向にトボトボと向かった。なぜか何度もこちらを振り返っている。変な人だなと首を傾げてしまった。

スープをよそったり飲み物を用意していたら、しばらくして男が戻ってきた。

振り向いたクレアは——目を疑う。

水浴びをしてきたらしい男は、金色の輝く髪にヘーゼルの瞳をもつ、驚くほどに整った顔をしていた。

いや、驚いたのは顔が美しいからだけじゃない。

その彼は今――――。

歓喜に満ち溢れたように目を輝かせ、震えながら涙ぐんでいる。まるで、生き別れた恋人にでも会えたかのようだ。

クレアとは二十分前に別れたばかりだし、そもそもほぼ初対面の域を超えていないのに。

（……え、なに？）

怪訝な表情になるクレアに、男は涙ぐむ目をこすりながら、花が一気に千本くらい咲いたかのような、艶やかな笑みを浮かべた。

「初めて戻ってこられた……っ！　君は……君は俺の女神だ！」

「…………はい？」

よく意味が分からないけど、まぁ命を救われたのなら、相手が神様にも見えるのは理解できる。

彼はクレアの手を、それはそれは大切そうに両手で握った。

そのうち跪いて拝まれてしまいそうな勢いだ。

「俺は第一騎士隊の副隊長をしている、ルークという。助けてくれて、本当にありがとう……！　君の名前は？」

「私は王都で薬師をしているクレアといいます。あの、ひとまず食事にしましょう」

彼は美味しい、美味しい！　とまたしても涙ぐみながら食べていた。

（やっぱり昨夜のことは覚えていない……よしっ！）

うんうん、とクレアは満足そうに一人頷(うなず)きつつ、食事を続けた。

それにしても、第一騎士隊のルーク……どこかで聞いたことが――。

「あっ！　もしかしてアマリスの英雄の？」

二年前に起こった隣国との戦争で大活躍し、英雄と呼ばれたのが、確か『ルーク』という名だった。

凱旋(がいせん)パレードや姿絵で、その見目麗しい姿で有名……という話は知っているが、興味がなさすぎて顔すら知らない。

クレアの興味を引くのは、薬の開発と素材収集のみ。

なるほど、確かに見目麗しい。

ルークは「英雄だなんて。大したことしてないんだ、ほんとに」と照れたように頭を掻(か)いた。

「あれ？　でもその英雄騎士様が、なぜあんなところで行き倒れて？」

素朴な疑問だった。

なにか罪を犯したのか、一人でとんでもない魔物でも倒しに来たのか、失恋して思い悩み……とか。

滅多に出ることのない野次馬根性すら湧き上がってきて、少しワクワクしてくる。

すると彼は、スッと真面目な顔をした。

どんな深刻な話なのか、とクレアはゴクリと息を呑(の)む。

彼は、ひどく神妙な面持ちで口を開く。

「……俺は――とんでもない方向音痴なんだ……」と。

（うわ、とんでもなくくだらない理由だった……）

目を輝かせていたクレアは一転、冷めた顔になった――。

「――つまり、迷子ということですか？」

「そうなんだ」

「いつから？」

「一か月……二か月？　くらいだろうか？」

（うん、それは遭難だね。本当に生きてて良かったね。あ、私があと一日遅かったら多分死んでたよ）

話を聞くと、第一騎士隊で遠征に出たところを、どうやら一人だけ迷ってしまったらしい。

大森林に迷い込んだら普通は出られないだろうから、それも理解はできる。

それならば近くで遠征していたのだろう。

今頃仲間が探しているはずだと、クレアは考えた。

「遠征地はどこだったのですか？　近いのですよね？」

「ここがどこかも分からないが……遠征地はカデナ高原という名だった」

思わずクレアの表情が固まった。

（それは、全然近くないですね。というか王都通り過ぎてるし。なんでここにいるの？）

カデナ高原は、この大森林から王都までと逆方向。つまり、カデナ高原から出発し、王都を通り過ぎ、さらに遠くのこの地まで来たのだ。

どうやったらここまで離れられたのか、クレアは不思議でたまらない。

詳しく話を聞くと――彼は本当にどこでも迷子になるのだと言う。

「入ってきた入り口も分からない。くるっと一回転したらもう分からないし、右と左は理解しているはずなのに、右だと言われても左に行ったりもする」

「…………よく英雄になれましたね？」

「みんな知っているから、基本的に俺を真ん中にして左右を囲むんだ。どこにも行かないように。俺は目の前の敵だけ倒せば良いようにしてくれてる」

「それが今回の遠征はうまくいかなかった、と」

クレアの言葉にシュンと俯くルークの大きな身体は、ふた回りくらい縮んで見えた。

そろそろ日が高くなり始め、野営地の撤収準備をする。彼も王都住まいのわけだし、帰り道は一緒なのだから王都まで送るくらいはしよう。

英雄なのだし、もしかしたら命の恩人ということで、お礼をたくさんもらえるかもしれない。

打算的なことを考えているクレアは、パッと見はただの華奢で小柄なかわいいお嬢さんだ。

ベビーピンクの長い髪は美しく、いつもポニーテールにまとめられている。水色の大きな瞳に長い睫毛。低めの身長から、子どもに間違われることもあるのは心外だが、営業スマイルもかわいく、なかなかの評判。

だが素は無表情が標準仕様。

「人に道を聞いたら良かったのでは？」

テントを畳み、空気を抜くべく膝を立てて圧縮する。収納袋に入れようとするが、少し圧縮が足りないようだ。

クレアがいつも苦労するところである。

するとルークがテントを両手でキュッと畳んで押さえると、プシューッと空気は簡単に抜け、すぐに収納袋に収まった。

さすがは、鍛えられた騎士の力。なかなか便利だ。

「もちろん、王都への帰り道を人に聞きながら来たんだ」

「…………王都はとっくに通り過ぎてますけど」

「だ、だから方向音痴だって……」

いや、さすがにそれは、方向音痴というには度がすぎている。道を聞いた人は、途中から逆方向を指し示したはずだ。

少し恥ずかしそうにしているルークだけど、恥ずかしいどころではない。これでは逆走だ。

馬で来たらしいが、森の中をさまよって一週間が過ぎたころ、馬は逃げ出したらしい。きっと、馬もこれ以上付き合いきれないと思ったのだろう。

馬の選択は正しい。

「私もこれから王都に戻りますし、一緒に帰りましょう。お送りしますよ」

「つっ!! ありがとう……本当にありがとう！」

ルークはクレアの手を両手で握り、ブンブンと上下に振る。

（こっちも貴重な素材を分けてもらったわけだから、ちょっとは協力しないとね。王都まで送ったらさすがにチャラになるでしょ、きっと！）

あの時はテンションが上がりすぎていて何も思わなかったけれど、勝手に『素材』をもらったことに、実はほんのすこーしだけ罪悪感を持っている。

人様のモノを勝手に触ったのだから、本来なら犯罪だ。

（いや、でも抜いてなかったら私が襲われてた可能性が高いわけだし。王都まで連れて帰ったらお互いウィンウィンの関係になるはず。なる……ならない……かもしれないけど）

……考えるとさらに罪悪感に苛まれるので、クレアはとりあえず考えることを放棄した。

†

クローディア大森林を抜けると、そこには小さな村があり、クレアは馬を預けている。

この森を抜けるまで、とんでもない方向音痴だというルークが、いついなくなるのかと気になって仕方がなかった。結局、途中からルークと手を繋いだ。

振り返ったらいないなんて恐怖は、味わいたくない。

「はぐれたら困るので手を繋ぎましょう」とクレアが手を差し出すと、彼は「え、あ……うん。お願いします」と大層照れながら、その大きな手でクレアの手を握った。

小柄なクレアが、大きなルークの手を引くのはチグハグに見えるだろうけれど、こんな森に人は入らないのだから、気にすることはない。

「クレア。一人でこの森は危ないいんじゃないのか？　ここはあの有名なクローディア大森林だったんだな」

「うちはお婆ちゃんも薬師で色々教わってますから。あと私の家系、道には迷わないタイプなので」

「それは……うらやましい限りだな」

遠い目をするルークに、まぁそうだろうなと思わざるを得ない。

森を抜けた時は、心底ホッとした。無事に人里に彼を届けられたという安堵に他ならなかった。

ところが、クレアが手を放そうとしたところ、ルークはぎゅっと掴んだまま放してくれない。

そして彼は照れたように、顔を腕で覆いながら言った。

「俺、すぐ迷子になるから……まだ繋いでてほしい」

「別に構いませんけど、恥ずかしくないですか？」

「こうしたら、恥ずかしくない」

今までクレアに手を引かれるような形で少し後ろをついてきていた彼が、横に並んできた。

これだと手を繋いでいるカップルのようだ。

クレアはポカンとしたが、まぁいっかと受け入れた。

この時ルークは、いまだかつてないほど緊張していた。

剣の腕良し、顔良し、肩書きも良しのモテ人生を歩んできたルークには常に恋人がいたし、ほどほどに遊びもしてきた。

恋人のことはそれなりに好きだと思っていたが――これほどまでに胸がときめいたことがない。

（なんだ、この胸の高鳴りは……命を助けてもらったからか？　噂の吊り橋効果か？）

ルークには、一つだけ気になることがあった。

一番最初に顔を洗いに小川に行った時、ルークはクレアの元にすんなり戻れたのだ。

普段なら確実にここでまた迷子になるはず。

けれどその時は、あ、あっちに行ったらあの子がいるはず、と彼女の姿が見えないにもかかわらず、方角が理解出来た。

ルークにとって、これは奇跡。

今までルークが付き合ってきたのは、大人の女性ばかりだし、年上が多かった。

クレアは成人しているらしいが、華奢で手足が細く背も小柄。

一見子供のように見えるのに、非常にしっかりしている。

彼女と目が合うと、毎回心臓がどくんと飛び跳ねるが、自分のその反応に頭を捻ってしまう。あまりにも自分が今まで付き合ってきた女性たちと、違いすぎるからだろう。

それでも、その小さな手のぬくもりは何ものにも代えがたいほど尊く、二度と放したくないという衝動に駆られている。

この年代の女性であれば、自分に対して多少なりとも好意を持つのに、クレアには一切それがないことにも気づいているが、そばにいたいという思いが強すぎる。

この感情が一体なんなのかは、分からない。

森から出て、小さな村に着くなり彼女は言った。

「ルークさん、お金持ってますか？」

様付けを止めるよう森の中でお願いした結果、今ではクレアは「ルークさん」と呼ぶ。

「馬を使わないと王都までは厳しいですが。私の馬は二人乗りに耐えうるような大きな馬ではありませんし」

「それなら大丈夫だ。手持ちはないが、借りられるようになっている」

首元からペンダントを取り出し、店の主人と話をつけた。馬と食料、その他諸々を手に入れ、さらに比較的大きめの黒い馬を借りる手筈を整えた。

このペンダントは身分証明になっていて、緊急時に金銭などを借りることが出来る。ルークの名前を知っていたらしい店主は、目を輝かせ、嬉々としてルークに握手を求めてきた。

「英雄ルーク様にお会いできるとは、なんたる幸運だ。おい皆、アマリスの英雄ルーク様だぞ！」

店の奥に向かい、声を張り上げた店主に応じて、彼の妻らしき人物が出てきた。そこからどんどん話は広がっていき、村の人々が店先に群がり始めてしまった。

その間も、ルークはクレアの手は握りっぱなしだったけれど、彼女は懸命にその手を解こうとしている。

「ルークさん、本当に放して」

小声で叫ぶように訴えた彼女に驚き慌てて手を放すと、彼女は人混みからスッと消えてしまった。

「ルーク様の活躍は、この村にも届いてるんですよ」

「圧倒的な強さだったと聞いています！」

村人たちの言葉に苦笑いをしつつも、ファンサービスも大事な仕事の一つだと常日頃から上司に言われているため、無下に扱うことも出来ない。三十分ほどしてようやく解放されると、クレアが集団の後方でじっとこちらを見つめていた。

「ごめんクレア……待たせてしまって」

「ルークさん。私、目立つのがすごく嫌いなんです。なので、注目されそうになったら極力離れますね」

最初は浮かべていた彼女のかわいらしい笑顔は、すでに冷めたような表情になっていった。自分にまったく興味がなさそうだし、きっと元々作り笑顔だったのだろう。

嫌がることをしてしまったと気落ちしたルークに、彼女は手を差し出した。

「？」

目立つのが嫌なのではないのか？　と首を傾げたルークに、クレアはさも当然のように手を絡めた。

「手を繋いでないと不安なのでしょ？　迷子になられても困りますし」

ルークと手を繋げば、多少は注目を浴びてしまうこともあるだろう。

けれど彼女は、ルークを王都に戻すということに責任を負っているのか――面倒そうにしながらも、優しくて。

その手をぎゅっと握り返した。

――一週間の長い道中となった。

馬を飛ばせば最短で二日で着くことも出来る距離ではあるが、クレアと二人ということもあり、ゆっくりとした旅にした。

宿をとるというのを「いつもは野宿だから」と頑なに拒むクレアに、決して甘えようとはしない彼女の自立した性格と、一人でなんでもしようという心意気が心地よくも、少し寂しい。

「クレア。野宿で寝ている最中に、ふと視線を感じて顔を向けると――見知らぬ異性が真横に寝そべっていて、爛々とした瞳でこちらを見つめている怖さを知っているか」

「……宿に泊まりましょうか」

大きなため息をついて、かわいそうな人でも見るような目で彼女はこちらを見た。

やれやれ、という表情をしながらも、その後、とんでもなく冷たい視線を投げかけてきた。

「でも『英雄ルーク様』のモテ話は、耳にしたことありますよ。来るもの拒まず、っていうのも」

どうせその人もいただいてるんでしょ、という意味を含んでいるであろう、その凍り付くような瞳や冷たい対応すらも癖になっていて、どきんと胸が高鳴る自分に、心底驚いている。

風呂上がりに普段のポニーテールを解き、湯上りで頬を紅潮させたクレアを見かけたときは、一瞬時が止まったかと思った。

「……ルークさん？　大丈夫ですか？」

呆然と突っ立ったままのルークの顔の前で、クレアが手を左右に振る。

近づいたことにより、彼女の石鹸の香りがふわりと鼻腔をくすぐり、ルークの体温が急上昇した。

「だ、大丈夫！」

慌てて部屋に戻ろうとして部屋を間違えたルークの手を、「……こっちですよ」と呆れた目をして引いたクレアの手は、いつもより湿っていて体温も高い。

「お、おや、おやすみ……っ」

うぶな童貞のように裏返った声で、きょとんとする彼女に挨拶をしたが、理由はお察しの通りだ。

部屋を別々に取っていて良かったと、心から思った。

面倒そうにしながらも面倒見が良いところとか、少女のようにも見えるのに、年齢以上に大人びた行動と知識を持ち、それでいて無防備。ふと見せる表情は大人のそれで、美しく。

クレアの隣にいれば、どうやら彼女の居場所は分かるということは、すでに判明していた。

けれどそれをクレアに告げることはない。馬から降りれば手を繋いでもらえる機会を、みすみす逃すわけがない。

「迷子、全然なりませんね？　大丈夫なんじゃないです？」なんて怪訝そうに言われるが、毎回必死で言い訳をしていた。

それに対して、ため息をつきながらもちゃんと手を繋いでくれるクレアは、本当に優しい。

その冷たい目も良い。……別に元々こういう趣味だったわけでは、決してない。

クレア限定である。

馬を走らせては休んでを繰り返し、一週間で王都にたどり着いた。

いつもならクレアはもっと早く着くのだけど、ルークが「ちゃんと休まないと」と毎回宿をとるため、その分遅くなってしまったのだ。

ルークが世話になっている礼だからと宿代（ペンダントがお金の代わりらしい）を負担してくれていなければ、断固拒否していたところである。

彼は買い物中クレアと離れても、必ずクレアのところに戻ってきていた。そのため、彼がそれほどまでの方向音痴ということが、いまいち掴めないでいた。

王都に入れば、中央の小高い丘にそびえ立つ王宮が見える。

「王都まで戻ってきたら、もうあとは分かりますよね。私はここで失礼して」

「ま、待って！　お願いだから、騎士隊まで連れていってほしい！」

大きな図体（ずうたい）でクゥーンと大型ワンコのように、ルークは切実な瞳でクレアを見つめてくる。

とはいえ、すでに王宮が見えているし、騎士隊はそのすぐ横が拠点。

目指してまっすぐ歩けば良いだけなのに、とクレアは首を傾げたが、まぁそれくらいなら構わない。

出来れば早く家に戻り、薬草の処理をしたいけれど。

「分かりました。では早く行きましょうか」

二人の馬は貸し馬車屋に返却し、歩いていく。

この一週間、ルークは手を繋いでいても、クレアに対し紳士的だった。

だからといって知り合いの多いこの街で、英雄騎士様と手を繋げるかといえば、答えはノー一択。

こんな場面を知り合いに見られるのは、本来クレアの望むところではない。

ひっそりと、したたかにたくましく、を人生のモットーにしているクレアにとって、目立つのはごめんだ。

スタスタと少し前を歩くクレアに、ルークは一瞬ポカンとして大股ですぐに追いついた。

「クレア、手は繋がないのか？」

「繋がなくても特に問題ありませんでしたよね？　はぐれるわけでもなかったたし。では繋ぐ必要はない、ですよね？」

「……………うん、まぁ……」

肩を落としたルークには気づいている。きっとまた迷子にならないか不安なのだろう。なにもなければ手を繋いでも良かった。

だが。先ほどから、彼は確実に視線を集めている。

英雄の姿絵は知られるところだし、パレードなどで実物を見た人も多いはず。

今までの地方の村での注目と、王都での注目は、レベルが桁違いだ。

(でも……このままだと確実にルークさん、絡まれそう。そうなるともっと帰るのが遅くなる)

「――ルークさん、走りますよ！」

クレアはルークの手を掴み、全力で走り出した。

足の速さと体力と薬草の知識だけには自信がある。この足の速さでもって、走り抜けるクレアの正体が周りから分からないことを願っている。

ルークの手を引っ張りながら、二十分間走り続け、騎士隊の拠点までたどり着いた。

着いた途端、その場にいた騎士たちがざわつき、叫んだ。

「ル、ルーク様が帰ってきたぞーっっ!!」

「副隊長、生きてた！」

大騒ぎになってきた。

どうやら本当に遭難し、死んでいるかもしれないとすら思われていたようだ。

ここまでくれば、もう迷子になることはないな、とルークの手をするりと放し、クレアはその場から離脱した。

皆の中心に囲まれ、慌てふためくルークを遠くに見ながら、安堵からクレアは目を細めた。

(やっぱり心配されてたんだね。英雄様が一か月も二か月もいなくなってたら、そりゃそうか)

役目が終わったとその場を後にし――王都の端にある自宅兼店舗に帰り着いた。

「あぁー。今回は無駄に疲れたな……」

まぁもう会うことはないだろう、英雄様に会ったとか誰かに自慢……いや、面倒なだけだなと頭を振り、一度シャワーを浴びる。

その後、早速採ってきた薬草を乾燥させたり抽出したりと大忙しで、その日は徹夜となった。

――まさか翌日、クレアが精液まみれになった時、訪ねてくるとは思いもせず。

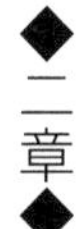

「クレアちゃん、おかえり。今回の採集は終わったのかい？」

「マリーおばさん、留守の間庭の水やりありがとうございました。はい、欲しいものは全部仕入れてきました。あ、これお土産です。みなさんで召し上がってください」

ニコッと人懐っこそうな営業スマイルで接する。ご近所付き合いを円滑にするためには、笑顔も大事である。

「そうそう、マルセルが何回も訪ねてきていたよ？　彼氏なのに出かけることを伝えなかったのかい？」

「やだ、おばさん。マルセルとはそういう関係じゃないですって前から言ってるじゃないですか」

ニコニコと笑いながら、内心『いやいや、あんなやつとなんてホントにごめんだわ』と毒を吐く。

「そうなのかい……それは残念だねぇ。私たちは一人のクレアちゃんが心配なんだよ」

「おばさんったら。祖母が死んで六年ですよ？　あのときは皆には本当にお世話になりましたけど、もう一人でやっていけます。安心してください」

そうかい、と少し寂しげに微笑(ほほえ)むマリーは、クレアをかわいがってくれている。

マリーに挨拶をし、自宅兼店舗に戻ったものの、まだ店は開けていない。

この家は、一階が薬屋の店舗と調剤室、そして二階が住居部分となっている。小さな裏庭には薬草を植えている。二階には中からの階段と、二階直通の玄関に行ける外階段がある。ここでクレアは一人暮らしをしていた。

クレアが八歳の時に両親が事故で亡くなった。その後引き取られた先が、ここに住み薬師をしていた祖母。

祖母に薬師としていろんなことを叩き込まれたが、そんな彼女も六年前に亡くなり、かわいがっていた愛犬も時を近くして亡くなった。天涯孤独となったクレアを当時助けてくれたのが、近隣の商店街の人たちだった。

だからこそ、商店街の人たちには頭が上がらないのだ。

調剤室で、いつも通り次々と調合していく。手際よく、そして珍しい薬には時間をかけて。

少し休憩をしようと、店舗の方に行きお茶を飲んだ。

ふと身につけたポシェットの中を探り、カウンターの上に一本の瓶を置いた。

白い液体の入った――アレ。

『男性を元気にする薬』の素材の一つの、『ルークの精液』。

そのまま使うわけではなく、抽出を繰り返すのだが。

あの時はテンションが上がって同意を得ずにいただいてしまったが……時間が経てば経つほど罪悪感は増していき、まだ手付かず。

最初の状態が保全される魔術具の瓶に入っているので、劣化することはないが……。

クローディア大森林では、人間が魔法を放つことは出来ないが、魔術具は使える。

クレアは祖母に聞いて知っているが、実はそれはほとんど知られていないこと。

そのためクレアが大森林に行くときは、様々な魔術具を持っていくのだ。

『素材』を店舗のカウンターの上に出したものの、調合はせずに採集瓶と睨めっこしている。

「あぁ～……どうしよう。やっぱりダメだよね……お断りしようかな」

依頼主のことを考え、盛大なため息をつく。

この薬はなにも、性欲爆発したオジサンの勃起不全のために、作ろうとしているのではない。

クレアが子どものころ、お世話になった旅館『翠林館』の若旦那であるオウル（二十九歳）がどうしても勃たないらしい。それにより子どもが出来ないにもかかわらず、自分の両親は奥さんを責め続けるのだという。

奥さんのせいではないと、何度言っても聞く耳持たずだそうで、あと一年以内に子どもが授からなければ、離縁するように言われているらしい。

オウルは妻と共に家を出る覚悟すらあるようだが……出来ることならば、家族円満でいて欲しい。

クレアはこの『翠林館』で過ごすことが何度もあった。

まだクレアが小さかったときは祖母の手伝いも出来ず、人がたくさんいる『翠林館』に預けられていたのだ。

優しいおかみさんと、寡黙なご主人、その子どものオウルは、クレアを家族のように扱おうとしてくれた。

クレアが心を開いたかと言われれば決してそうではないけれど、他人行儀ながらも途中からは営業スマイルを心がけていたつもりだ。そして恩義は当然のことながら感じている。

そんなおかみさんたちが、オウルの妻であるシルフィにきつく子どもを望むのも、オウルが一人っ子だからに他ならない。

王都でも随一の大きさを誇る旅館である。後継ぎがいないことは非常に大きな問題で、親戚筋に厄介な人もいるらしく、気持ちが急いてしまっているのだろう。

彼らが仲たがいしてしまうのは、クレアも望むところではない。

オウルに不調の相談を受けたものの、その薬が出来るかどうか分からないと伝えてある。

薬のレシピは祖母が残した秘伝のメモ帳に記されており、なんとかしてあげたいのは山々ではあるが――その素材の入手が問題だった。

誰かに頼まない限り、手に入れようとも思わない、この『素材』。

つい目の前に転がって（？）いたからもらってしまったけれど……いくら現金な性格とはいえ、法を侵すつもりなどなかった。

「でもこれって犯罪よね……」と日に日に罪の意識が増していく。

またしてもクレアが大きなため息をついた時、コンコンコンと店舗の扉を乱暴にノックする音がした。

（クローズの札を下げてるのになに？　あ、もしかしてマルセル？　マリーおばさんがしょっちゅう訪ねて来てたって言ってたし……）

ノックはいまだに止まらず、苛立っているようでもある。

「はーい。今日はまだお休みなのですが」

急を要する人という可能性もあり扉を開けると、やはりマルセルがいた。

彼は、近所に住む一つ年上の金物店の息子だ。

天邪鬼な性格のせいか、口を開けば文句ばかり。

それでもしょっちゅうクレアの店に来るのは、まぁクレアに好意を持っているからなのだろう。

クレアは今日何度目かのため息をつき、表情を完全に消した。

マルセルに愛想笑いする必要などないからだ。

「なに？　クローズの文字が読めないの？　何回かうちに来てたってマリーおばさんに聞い」

「お前っ！　なんで英雄騎士様と手を繋いでたんだ⁉」

「………………」

（見られてたのか）

クレアは、うへぇと苦虫を噛みつぶしたような気持ちになる。知り合いに見られたいものではなかった。

それでも、マルセルにはなんの関係もない話だ。

「ちょっとした事情があったんだけどね。でもマルセルには別に関係ないよね？」

「……っっ‼　つ、付き合ってるのか⁉」

切羽詰まった表情で前のめりになるマルセルに対し、うわぁ……と痛いものでも見るような目になり、引いてしまう。

クレアはマルセルに「好きだ」と言われたことなど一度もないし、言われていたらとっくに断っている。

言わないのになにやら嫉妬心はあるらしい。それも、英雄騎士様相手に。

「——はぁ……。あなたに私の人付き合いを報告する義務なんて微塵もないんだけどさ。彼とはちょっとしたことで知り合っただけだし、送っていっただけ」

方向音痴なことも、大森林で遭難していたことも、クレアが勝手に言うべきではないだろう。

騎士の名誉に関わるかもしれないし、クレア自身も大森林で採集していることはわざわざ公表してないから。

「とりあえず、私忙しいから帰ってくれる?」

「そんなこと言わず、茶でも出せよ」

帰れというクレアに対し、マルセルはルークとクレアの間になんの関係もなかったという言葉に安心したのか、ニヤニヤしながら距離を詰めてくる。

そして彼はいつものように、クレアのとある一点に視線を定めている。

——胸だ。

旅の時は自衛のために硬いベストで胸をつぶしていたが、クレアは小柄な体に似合わず、胸が大きかった。

マルセルはその胸が大層お気に入りなのか、いつも食い入るように見つめるため、クレアは本気でマルセルが嫌だった。

いつもはもう少し胸を押さえているのだけど、今日はまだ店をオープンするつもりがなかったから、ラフな格好だったために、素の膨らみが強調されている。

「いや、ほんとに帰って。迷惑だから」

「なぁ、お前本当は気づいてるんだろ？　そろそろいいじゃねーか」

（何に気づいてるっていうのよ。この胸に性的興奮を覚えているという、あなたの現状？　それとも一人暮らしの女の家に、無理矢理入り込もうとする、その強引さ？）

クレアはどんどん詰め寄ってくるマルセルに、今までにない気持ちの悪さを感じ、大きな声で「いい加減にして」「やめて」「帰って」と繰り返しながら、後ずさりをしていく。

その時、床の出っ張りにかかとが躓（つまず）きよろめき、カウンターにぶつかり尻餅をついてしまった。

ぶつかった衝撃でカウンターに置いていた薬瓶が倒れ、その拍子に薬瓶の蓋も開いてしまったようで、中の液体がクレアの顔に――――降り注いだ。

ちょうどその時、バターンっっ！　とドアが音を立てて開いた。

「大丈夫か⁉」と大きな声を出しながら入ってきたのは金色の髪にヘーゼルの瞳の、麗しい英雄騎士様。

なぜここに……とクレアが目を丸くしたが、ルークはそれ以上に目を見開き、一気に憤怒の表情を浮かべた。

（……なんでこの人、いきなり来て怒ってるの？）

なぜ彼がこれほどまでに怒っているのか皆目見当もつかず、クレアはポカンとしたまま、声もなく彼を見続けた。

今、自分がどういう状況に見えるか、ということにはまったく思い至っていない。

先ほどまで叫び声を上げ、尻餅をついたことによりスカートの裾は乱れている。そんな中、クレアは頭から顔にかけ、白濁の液を浴びていた。そしてクレアのすぐそばには、マルセルが立ちふさがっている。

倒れた薬瓶に入っていたのは、もちろん……ルークの精液。

だが、他の人には分からない。

つまり、先ほどのクレアの叫び声も加わり――周りから見れば、無理矢理顔射されたように見えているのだ。

ルークは鬼の形相でマルセルに近寄り、首根っこを掴み、店の外に放り投げた。

「クレアに、二度と近づくな……っ！」

いきなり現れた英雄騎士様にマルセルは目を白黒させていたが、ルークはそのまま店の扉を強く閉めた。

座り込んだまま放心状態だったクレアにルークは駆け寄り、ハンカチを出し、クレアの顔にかかった白い液を拭った。

悲しそうな、辛そうな表情になる彼は「ごめん、もっと早く来てたら……」と悔しそうに言う。

クレアはというと、次第に放心状態から解除され、台無しになった『素材』（ルークの精液）を見ながら、まぁ……こういう運命だったのだ、やはり悪いことをしてはダメだなと猛省していた。

「いえ問題ないです。ちょっとシャワー浴びてきますが……ルークさん、なにかご用だったのですよね？　えっと、そこの冷蔵庫にお茶が入ってるので、飲んで待っててもらえますか？　その辺に座っててください」

さすがに精液にまみれた女に、お茶を淹れられたくはないだろうと気をつかったつもりで、セルフサービスの指示を出した。

シャワーを浴びている間、一体なんの用だろうか、もしかしてお礼でももらえるだろうか、でも宿代全部出してもらったし？　と考えていたクレアは、マルセルに暴行疑惑がかかっていることには、まったく気づいていなかった。

「お待たせしました。あれ、お茶飲まなかったんですか？」

急いでシャワーを浴びてきたために、まだ濡れた髪を一本に縛り上げ、ルークにお茶を出した。

店内には小さな丸テーブルがあり、そこでくつろげるようになっているが、ルークはうなだれたま。

「ルークさん、それでなにかご用があったのでは？　よくここが分かりましたね。お店の場所、言ってませんでしたよね？」

王都で薬師をしているとは伝えたが、場所は伝えてないし聞かれてもいなかった。

薬師の店などたくさんあるため、よくここが分かったなと思うと同時に、きっとそういうのを管理している国の機関があるのだろうなと、他人事のように考えていた。

「…………昨日、あのまま別れてしまったから……お礼も言えなくて」

「あぁ、何度も言いますが、私も王都に帰るついでだったので別に構いませんよ。宿代出してもらいましたし」

「……なんでそんなに平気なふりをするんだ。あんなことされておいて……！」

「あんなこと？」

なにを？

首を傾げるクレアに、ルークは言葉に詰まっているようだ。

「いや、口にしなくても良いんだ……配慮が足りなかった」

「はぁ？」

意味が分からないが、まぁどうでも良いとクレアはスルーしてしまった。

それがどういう結果を生むのかも知らずに。

数日後、しばらく見ないと思っていたマルセルが顔じゅうに青あざを作っているのを街中で見かけ、クレアの顔を見ると、ヒイッと逃げていくようになったのはまた別の話。

「クレア。俺、ここまで一人で来られたんだ」

「はぁ、そうですか」

初めてのおつかいの報告だろうか、それをなぜ私に言うのか、私はよく出来たねと母親のように褒めるべきなのか？　とクレアが思っていたところ。

「俺、クレアの店の場所、知らなかったんだ」

「はぁ？　――あれ？　じゃあどうしてここに？」

「…………クレアがこっちにいるって思ったんだ」

「……はぁ？」

まるっと一週間を共にし、ルークに対し、すでに営業スマイルを完全に外しているクレアは、首を傾げるが笑顔はない。

――彼の言う意味が、よく分からない。

†

翌朝、クレアの店の前がざわついていた。

昨日のルークの話で聞いていたから多少は予想していたが、騒々しいこと、この上ない。

店の扉を開くと、クレアの目の前で、金髪の男が破顔とでもいうべき、満面の笑みを浮かべていた。

そしてその後ろには五人の騎士たち。

ご近所の若い女の子たちが、遠巻きにキャアキャア言いながらそれを見ている。

「本当に目的地はここだったのか？」

「適当に言ってるわけじゃないんだよな!?」

「副隊長が、一人で目的地に……っ」

なにやら寸劇でも始まりそうで、営業スマイルをすっかり忘れたクレアは、無表情のまま「とりあえず中に入ってください」と伝えた。

ふとご近所さんの存在を思い出し、慌てて「お騒がせしてごめんなさい」といつもの営業スマイルを投げかけた。

こんな人数が座れるほどのスペースはクレアの店にはない。カウンターの上に冷たいお茶だけ出した。

昨日、クレアの店に一人で来たことを報告してくれたルークだが「じゃあ帰るね」と店から出た後……しばらくして、なんとまた戻ってきた。

しゅんとしてうなだれた彼は言った。

「戻れない……隊舎に帰れない……」

半泣きの彼に、死んだ目をしながら、王宮の隣の隊舎まで連れていったのはクレアである。

どうやらクレアの店に来ることはできるが、他の目的地にはたどり着けないらしい。

それを証明するために、今日は他の騎士を連れてくるとは言っていたが、まさか五人もの大所帯とは……。

「クレア嬢、初めてお目にかかる。第一騎士隊隊長のオーガストだ。はっきり言って、こいつはもう死んだものと思っていた。助けてくれて心から感謝する」

深々と頭を下げた、黒髪短髪の大柄な男は、もちろん名前は知っている。

『鋼のオーガスト』と呼ばれる隊長だ。

なにが『鋼』なのかは興味がないため聞いたことがないが、その筋骨隆々な体型から、きっと鋼のような強靭(きょうじん)な肉体を持つのだろう。

「いえいえ、ちょうどその場に居合わせただけですから。私もこちらに帰るついででしたし、お礼を言われるほどのことではありません」

「あー、それでだな。今日この後、王宮に来てもらうことは可能だろうか。王太子殿下がお会いしたいと」

「…………」

……それ、拒否権ないやつでは？　とクレアは心底苛立った。

(――こんなことになるなら、やっぱり行き倒れている人なんて放っておけば良かったかもしれないな)

なぜ自分が王宮で王族なんかに会うような、目立つ真似(まね)をしなければいけないのか。

しかも、しばらく休んでいたために待たせているお客さんもいるのだ。早く薬を作ってお店を開けなければならないという、一番忙しい時期なのに。

露骨に嫌な顔をするクレアを見て、騎士たちは慌て始めたように見える。

きっと普通は喜ぶのだろう。

王宮に行けるなんて！　とか、王太子殿下に会える!?　なんて思うのが、普通の若い女の子の反応なのは分かっているが、興味がないし目立ちたくないのだから仕方がない。

（……はぁ。選択の余地はないか）

クレアはニコッと笑った。営業スマイル発動である。

「ふふ、かしこまりました。わたくしごときが拒否をする権利などないでしょうし、謹んで同行させていただきます」

「……クレア」

笑っているけど、思いっきり嫌がっているのがすでにバレバレだろう。過剰なまでの敬語が、それに拍車をかけているであろうことは、自分でも分かっていた。

「ごめんなクレア。行方不明になっている間のことを話さないわけにはいかなくて、そうしたらその恩人を連れてこいって殿下が。きみが目立つのが嫌いなのは分かってるんだけど」

気落ちした様子のルークを見て、クレアは小さくため息をついた。

クレアからすれば、なぜ助けた立場なのにわざわざおもむかねばならないのか、なぜこちらに面倒をかけさせるのかと腹立たしいが……いや、王太子などに店に来られても迷惑なだけだと考えを改めた。

クレアはオーガストを正面から見据える。

「先に申し上げておきますが、これっきりにしてほしいです。私には私の生活があり、やらなければならないことがたくさんあります。成り行き上、ルークさんを救った形になりましたが、これ以上の面倒ごとはごめん被（こうむ）ります」

「……わ、分かった。かたじけない」

巨体のオーガストが怯(ひる)んだように言った。

クレアは店の鍵を閉め、王宮に向かって歩き始める。

「クレア……面倒ばっかりかけて本当にごめん」

「乗りかかった船ですし仕方ありません。ですが、そろそろ店をオープンしないと待っている方もいるので……これ以上は本当に困るんです」

「うん……ごめん」


後ろからついていくオーガストと騎士たちは、あからさまにしょげているルークを見るのは初めてで、目を丸くしていた。

ルークといえば、いつも明るく自信家で、あり得ないほどの方向音痴なのにいつも「また迷った」と笑いながら、誰かに連れてこられる男。

方向音痴だが美女たちにモテモテで、常に女も絶えずスマートな男だった。人に向ける笑顔にはいつも余裕があり、執着というものを見せたこともない。あの店に着いたときにクレアに向けたような破顔というのは、ほとんど見たことがない。

英雄の名にふさわしく、誰もが認めるほどの剣の腕。そして彼しか扱うことができない、王家秘蔵の魔力を込めた宝剣を手にすれば、彼は超常的な身体能力を発揮する。宝剣の最大威力はすさまじく、建物すらも破壊することが出来た。……最大威力は一日一回限定だが。

ヴァルディア国からいきなり吹っかけられた二年前の戦争、アマリスの戦いで、彼は鬼人のような強さを見せた。

　長引くことが予想された戦いは、ルークがしょっぱなから宝剣を使ったことにより、敵に大打撃を与え、相手の士気を一気に下げた。これにより我が国は、短期に決着をつけることができ、ヴァルディア国からは多額の賠償金を調達することが出来た。

　彼の英雄の称号は、否を唱えるものなど一人もいないほどの活躍ぶりだった。

　そんないつも余裕たっぷりの英雄ルークが、極度の方向音痴とはいえ、これほどまでに長い期間行方不明になったことはない。そして誰かに執着を見せたのも初めてだ。

　生死の境をさまよったことが彼を変えたのだろうか。

　馬車でルークの恩人を迎えに来ても良かったのだが、通常捕まえていないと隣を歩いていようがすぐに迷子になるルークが、クレアの横なら手を繋がなくても迷子にならないと言っていたため歩かされていることを、この小柄な女の子は知らないでいる。

　ちなみに騎士のうちの一人は先に王宮に走り、ルークの恩人は仰々しいことを心底嫌がっていることを伝え、急遽予定していた謁見の間から普通の談話室に場所を移動すべく、奮闘していた。

†

　王宮に入り、こぢんまりとした談話室のようなところに入った。

　広々とした謁見の間のようなところではなかったことに、クレアはほんの少しだけ胸を撫でおろした。

けれどその部屋も、豪奢（ごうしゃ）極まりない。

金で縁取りされた白亜の部屋は、天井一面に繊細な絵が描かれている。降り注ぐ日の光を浴び、眩（まぶ）しいばかりに黄金の調度品が輝く。そこに黒髪の麗しき男性。その護衛やお付きであろう人々が待ち構えていた。

黒髪に黄金の瞳という王族特有の色を持ったこの男性は、クレアですら知っている。

この国の王太子、シュナイゼルだ。

護衛の中にはルークと二分するほどの人気を誇る女性騎士、銀髪のティアリアがいた。女性で唯一近衛騎士隊の任務に就いている、美しくも凛々（りり）しい彼女は、クレアの視線に気づき、優しく微笑んでくれた。絵姿が売れるのがよく理解できるほどの美しさだ。

（ティアリア様を見られたのは、ここに来て唯一良かったと思えることかもしれない）

クレアが女性騎士に目を奪われていたら、シュナイゼルが咳払（せきばら）いをした。王太子である彼に興味がなさそうなことが不服なのかもしれない。

「お前がクレアか」

「はじめまして。王都の端で薬師をしております、クレアと申します。お会いできて光栄です」

クレアは営業スマイルをやめた。

王宮のこの場にいる人物たちは、これからずっと付き合わなければならないご近所さんではない。

ましてやここで薬の営業をしても仕方ないし、むしろ二度と呼ばれない程度には嫌われたい。

無礼をしすぎて殺されたり、営業妨害されるのはごめんだが。

――ゆえに、完全に棒読みである。


王太子であるシュナイゼルは、これほどまでに嬉しくなさそうな「お会いできて光栄です」の言葉をもらったのは初めてであり、思わず噴き出してしまった。

なんの忖度もなく、ただひたすらに早く帰らせろという空気を漂わせている小柄でかわいらしい女性。

少し前に息を切らして飛び込んできた騎士が、謁見の間はやめてこぢんまりとした場にしてくれと頼み込んできたのには、多少なりとも驚いた。そうは言いながらも、実際は褒賞が欲しいだろうし、王宮に来られる栄誉は嬉しいに違いないと思っていたのだが。

シュナイゼルとルークは幼馴染だ。

シュナイゼルが気兼ねなく付き合うことのできる、数少ない友人の一人がルークである。

ルークの父が王宮の役職についていた関係で、しょっちゅう城に遊びに来ていたのだ。

とんでもない方向音痴で、当然のことながら城の中で迷う彼の手をいつも引いてきた。小さいころから二人で探検し、数々の小さな冒険（城の中かお忍びの城下町）をしてきた。シュナイゼルが、王子としてではなく、友として過ごすことのできる大切な存在。

ルークのみが使用できる宝剣も、城を二人で探検していた十歳のときに宝物庫で見つけた。

ルークが偶然手に取った剣が、いきなり青白く光り始めた。大昔に伝説の勇者が使っていたという

剣だったそうだが、ルーク以外には抜くことすら出来なかった。

その後めきめきと剣の才能を伸ばしていったルークだが、その一方で、方向音痴が治ることはなかった。

そんなルークが行方をくらまし大勢の捜索隊が動いたけれど、見つからずに早二か月。生死すら諦めかけていたときに、いきなり帰ってきたのだ。

なんと、クローディア大森林でさまよっていたという。

そこは通称『死の森』。

方向音痴でなくとも、死への道を一直線。踏み入ればあの場から抜けられる者はいないと言われている。

そんな場所でモテ男ルークが女性に助けられた。なんと、クローディア大森林であろうとも迷うことはないという、ルークとは真逆の才能を持っているであろう人物。

助けたことを理由に、ルークは結婚でも迫られるのではないか。それもまた良い機会か、とも思ったものだが。

だがこれは――。

「クレア。ルークは我が国の大切な英雄だ。それを救ってくれたこと、我が国を代表して礼を言う。なにか褒美に欲しいものはあるか」

「王太子殿下が直接お言葉をくださったことがなによりの褒美でございます。これ以上は何一つ望みません」

ペコリと頭を下げたクレアの言葉の続きが、声に出していないにもかかわらず、この場にいる全員に通じているのではないだろうか。

『だから早く帰らせろ。二度と私に関わるな』と。

ついに、シュナイゼルは大声で笑い出してしまった。それも、お腹(なか)がよじれるほどに。

そんな王太子の姿を見ても全く動揺せず、真顔のまま変わらない目の前の女性は、シュナイゼルはおろか、ルークにこれっぽっちの興味も持っていない。いや、興味がないどころか、明確に『迷惑である』という感情をあらわにしている。

そんな人間に、シュナイゼルは会ったことがなかった。

「あははっ！　はぁ……笑って悪かった。では褒美は金にしよう。あとは申し訳ないが、今日一日だけ付き合ってくれ。聞きたいことと調べたいことがある」

「かしこまりました。今日だけでしたらお付き合いいたします」

やれやれ、と小さくため息をついた彼女に、シュナイゼルはまたしても噴き出しそうになるのを、必死で堪(こら)える羽目になった。

✝

「私が見つけた時は、ルーク様は木の前に倒れておりました。死体かと思いましたら動きましたので驚いて。その後はこう、枝でツンツンと触ってみると水をご所望で、急いで野営地まで水を取りに行きました」

クレアは、きらびやかな白亜の部屋で、出されたお茶をいただき、喉を潤す。

王宮のお茶は今まで飲んだことがないほど芳しい香りで美味しかった。

お高いんでしょうね、二度と飲むことはないだろうし記念にもっと飲んどこ、とおかわりを所望した。

「水を飲んでしばらくして、栄養薬をお渡ししたら、飲む前に力尽きてしまいました。なので口に薬を押し込め、無理矢理飲んでいただきました」

「力尽きていたのだろう？　どうやって飲むんだ？」

「口移しで水を飲ませました。人命救助ですので」

「……えっっ！！？」

王太子に説明しているのに、すぐそばですっとんきょうな声を上げたのはルークだ。

どうやら彼は、口移しに気づいていなかったようだ。

ルークが嫌がっていると感じたクレアは『でもそれしか道がなかったのだし、すでに終わったことなのだから、そんな乙女のように嫌がらなくても良いのではないか……あぁやはりお節介などするものではないな』と、ちょっぴり落胆している。

「その後、栄養薬が合わなかったのか……発熱、発汗など少し体調を崩されましたが、しばらくして落ち着きました。ルーク様は魔力がかなりおありですか？　高位の魔法使いの方とは相性が良くないといわれている、うちの高級栄養薬なので」

膨大な魔力を持った魔法使いなど滅多にいないし、そんな人はクレアの店に来ないから、気にすることもなかったのだが。

もちろん性的興奮を起こし、『素材』をちょうだいしたのは、全て体調不良ということにして省いた。

わざわざ自分の犯罪歴を、この場で暴露するような真似はしない。

「あ、うん……俺、魔力、かなり、ある……」

（なぜいきなりカタコトに？）

クレアがルークを見ると、彼は頬を染め、顔を両手で覆っていた。魔力があるのは恥ずかしいことだったのだろうか……とクレアは小首を傾げた。

「では——その栄養薬と唾液により、なんらかの異常な反応を起こしたのでしょうね」

そう言ったのは、この場に立ち会っている王宮専属薬師の一人である、ベクターだ。

クレアが「薬の影響かもしれない」と言ったことから、先ほどこの場に呼ばれた。

現在、王宮筆頭専属薬師が国王夫妻の長期静養に付き添っているため、その息子のベクターが今は取り仕切っているらしい。

「では、本当にクレアの場所がわかるのか試してみよう」

立ち上がった王太子は、クレアの手を引っぱった。驚いていると、今度はクレアの反対の手をルークが掴み、シュナイゼルをキッと睨んだ。

「ゼル！　クレアになにをするんだ？」

ゼルとは、シュナイゼルのことらしい。

彼らはあだ名で呼ぶほど、気心の知れた仲なのだろう。後から聞いた話によると、彼らは幼馴染ということだった。

「お前、王宮でも一人だと確実に迷子になるだろ？　クレアの元まで一人でたどり着けるか、試してみようと思って」

両手をあっちとこっちに引っ張られ、クレアは『一体これはなんの拷問？』と思いつつも、ルークに視線を移し、口にした。

「あの、構いません。もし私の薬のせいでこのようなことになったのでしたら責任を感じますし、今日だけでしたら調べるのにお付き合いいたします」

もしかしたら自分の薬のせいでルークに変化が？　と考えると、調べないわけにはいかないのだ。

「では十五分経ったら探しに来い」

そうシュナイゼルは告げ、クレアの手を掴んだまま部屋を出る。

振り返った時に見たルークがしょげ返った犬のように見えるが、一人残されることがずいぶん寂しいようだ。

(寂しがりやさんなんだね。英雄なのに)

英雄のイメージが崩れそうだ。

シュナイゼルは王宮内の廊下を歩いていく。周りの人々はクレアたちが通ると端に寄り頭を下げるものだから、非常に居心地の悪さを感じる。

「あの。手を掴まれずとも歩けます」

「あ、悪い。ルークを連れていくクセで」

ルークとシュナイゼルはあだ名で呼ぶだけではなく、手を掴んで歩くほどに仲が良く距離が近いらしい。というか、本当に掴まれていないと迷子になるのかと、内心驚いている。

パッと手を離したシュナイゼルは、クレアをしばらく見つめ、こっちに行こうと指を差し歩き始めた。

「クレア。たとえ君の薬でルークの体に異変があって、君の位置が分かるようになったとしても……我が国にとってもルークにとっても、それはただただ喜ばしいことなんだよ」

「はぁ。そうですか」

「ハハハっ！　君には迷惑なだけかもしれないけど。まぁ本当かどうかテストしてみないと分からないしね。ほら、ここに隠れて」

言うなれば、これは王宮での隠れんぼ。

クレアはどこの部屋かも見当もつかない場所のクローゼットに押し込められた。そしてなぜかシュナイゼルも一緒に入り、二人で隠れている。

「…………隠れるのは私だけで良かったのでは？」

「私が近くにいたら、ここにいるのがすぐバレてしまうではないか」

とは言っても、ここは……貴賓の部屋ではないのだろう。王宮内という割には思ったより豪華ではないし、クローゼットも広くない。

随分歩いたし、こんな場所まで探しになど来られないだろう。

狭いクローゼットの中で、クレアを壁ドンする形でシュナイゼルが覆いかぶさっている。こんな狭っ苦しいところで王太子と二人。

次第に胸の鼓動は速くなり、頬も赤く染まって……なんてことは全くない。

無表情のままのクレアは、今日はなにを食べようかと夕飯のメニューを考えていた。

「私と二人でこんな狭いところに……惚れてはダメだよ？」

シュナイゼルがクレアを見つめ、ニヤリと笑っていた。

「――――え？　今何か言いました？　ごめんなさい、夕飯のこと考えてて……もう一回言ってもらえますか？」

「…………うん、なんでもないよ……さすがに驚いてるよ」

「はぁ？」

「……夕飯、ここで食べていく？」

「えっ⁉　良いんですか⁉　王宮の料理を⁉」

思わず目が輝き、声が弾む。王宮の料理など、一生に口にすることなどないはずだから、当然だ。

ブハッとまた噴き出したシュナイゼルは、プルプルと肩を震わせながら「うん、ご馳走用意するよ」とくしゃりと笑って言った。

――そろそろ十五分経っただろうか。

そう思ったとき、バタバタと部屋に人が入ってくる音がした。そして即座にクローゼットが開けられ、大量の光が差し込んでいきた。

「おや、本当に見つけられたね」

「ク、クレアになにしてんだーっっ!? だ、抱きしめ……っ!?」

どうやら小柄なクレアが、シュナイゼルに抱きしめられているように見えるようだ。

シュナイゼルは両手を上にあげ「指一本触ってない……この中では」と正直に伝えたものだから、ルークの火に油を注いだ。クレアをルークの背に隠し、きゃんきゃんとシュナイゼルに噛みつくように文句を言うルークは――あれだ。

(お父さん、ってやつだな。こういうの見たことある)

近所の肉屋の娘(十二歳)が、男友達と仲良く手を繋いで帰ってきたときに、肉屋のおじさんがまったく同じ反応をしていた。

ルークはクレアの保護者ではないが、しばらく一緒にいたため、きっとそんな思いが湧いてきたのかもしれない。ルークとクレアは大きく年が離れているわけではないけれど、子どもと見間違われることもあるクレアだから、そう思われても不思議ではない。迷惑な話ではあるが。

「あのルークが正確に一方向目指して動いていました。最短ルートでこの部屋に行きました」

ルークのそばにいた騎士の一人が、困惑した表情を浮かべながらシュナイゼルに告げた。

「ではやはり、クレアの場所が分かると言うのは本当なのだな。それがどの距離まで適用されるのか……クレアは今日一日しか付き合ってくれない。今のうちに調べるぞ!」

そのままルークは数人の騎士と共に馬で王都の外に出ていき、そこから戻って来られるかどうか、それが出来たらさらに遠く……どこまでなら戻ってこられそうかというのをずっと試していた。

クレアはというと——王宮で遠慮なく食事をご馳走になっている。

食事の場には王太子であるシュナイゼルもいるが、気にしない。

食事に罪はないとばかりに、美味しい美味しいと食べ続けていたら、シュナイゼルはずっと笑っていた。

笑われようが嫌われようが、この人と会うのは今日が最初で最後だからと緊張することもない。

近所のマリーおばさんに嫌われることの方が、よっぽど大問題である。

クレアはもっぱら王宮薬師のベクターと話が盛り上がっていた。クレアはクローディア大森林に自生する植物の話をし、王宮薬師からはあの薬草を入れるとさらに効力がアップするなどの情報を仕入れ、早速帰ってから試作したくて仕方がなかった。

そして夜になると、褒美にもらった金をしっかり握りしめ自宅に帰らせてもらった。

この日、判明したこと。

——クレアはルークにとって、唯一の『場所の座標』。

すなわち、ルークの目的地となっているということだった。

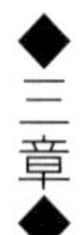

◆三章◆

「――それで結果としてどこまで離れてもクレアがいる場所なら戻れそうだ、ということが分かったんだ」

ウキウキとハイテンションで満面の笑みを浮かべるルークは、現在クレアの店にいる。

美形なのは分かっているが、彼の周りにキラキラと星やら花やらが舞っている。ルークは徹夜で調べていたため、寝不足でテンションがおかしいのかもしれない。

東の空がようやく白み始め、空気はまだひんやりと冷たい。明かりを灯(とも)さなければ、店内は真っ暗だ。

――なんせ、今は朝の六時。どこもまだ店が開く時間ではない。

よくこの時間に扉を叩(たた)けたなと、ある意味ルークに感心している。眠い目をこすりながら、クレアは答えた。

「はぁ、そうでしたか。それで今日は何用で。私、本当に忙しいのですが」

忙しいというより、まだ寝ていた。クレアの起床時間は本来七時だ。

「いや、邪魔をするつもりはないんだ。今日はその報告に来ただけだから。外に同僚も待ってるし帰るよ」

それは助かる。

またしても宿舎まで送っていかなければならないのかと不安になっていたので、クレアは安堵した。

……とはいえ。

「それにしても、私が勝手にしたことで何やら申し訳ありません。こんなつもりではなかったんですが。行き先が私のとこだけなんてルークさんも困るでしょう。まぁ薬のせいならそのうち効果も消えるだろうと、王宮薬師の方とも話していたんです。あともう少しだけ我慢してもらえれば、きっと元に戻りますよ」

良かったですねとクレアが微笑むと、ルークはピキッと音を立てるようにして、硬直してしまった。

(……あれ？　やっぱり相手が誰だとしても、王都っていう目的地があった方が良かったのかな？)

彼の方向音痴はシュナイゼルたちの話を聞く限り本物のようだし、クレアが思っているよりも深刻な悩みだったのかもしれない。

「あの……もし効果が切れたら、今度は薬を購入してもらって王宮薬師の方の立ち合いのもと、他の方と研究したらいいと思いますよ？　ルークさんの恋人に協力してもらうとか」

「恋人……」

クレア作の薬が反応したと予想されるのだ。同じ状況を作るのなら口移しが必要。それならば恋人が妥当だろう。

多少なりとも唾液の成分とも反応したのだろうか、と王宮薬師のベクターと考えていたのだ。

この前は不可抗力だったが、本当は赤の他人の口移しなど嫌だろうし。

「あ、同僚の方がお待ちでしょう？　お仕事お疲れさまでした」

扉を開け、外にいるルークの同僚にぺこりと頭を下げ、ルークを引き渡した。

フラフラと歩いている彼は、寝不足と疲れが溜まっているのだろう。さっきまでキラキラしていたのだが、今は顔色も悪いから、ゆっくり寝たらよいと思う。

クレアはその後、全力で薬を作り続け、二日後ようやく店をオープンすることができた。

✝

お店をオープンしたら、待たせていたお客さんたちで一週間は大盛況。

クレアのお店は、のど飴から高熱が出た時の解熱鎮痛剤、栄養薬や美容に効くサプリ、基礎化粧品なども置いてあり、老若男女問わず固定客が多い。

「それで、なんでクレアちゃんのお店に騎士たちが来るのぉ？　英雄騎士様も来てたわよねぇ？」

「なになに、彼氏なの？　あれ……でもルーク様と以前付き合ってた人知ってるけど、なんか大人びた人だった気が」

「どうせ私はチビで子供じみてますよー。ちょっと成り行き上知り会っただけの方ですよ」

「やだぁ！　クレアちゃんはかわいいってぇ！　大きな瞳の美少女じゃない！」

「少女の年齢じゃないんですけどね」

カウンター越しに、クレアは商品を袋詰めしていく。

「お肌もツヤッツヤだし。やっぱりここの基礎化粧品、他のと違うのよねぇ……」

「それよそれ！　私、ちょうどクレアちゃんがお店休みにした直後に化粧水切れちゃって！　他のに変えたのね？　最初は良いかなと思ってたんだけど、三週間経ったらもうお肌ごわごわ！　クレアちゃん、休みすぎよ!?」

「あはは……いろいろあって……ごめんなさい。今日はシートパックをオマケで付けときますね」

私も欲しい！　と顧客のお姉さま方がキャアキャア言っていると、またしても玄関の扉のベルがカランカランと鳴り、別のお客さんが入ってくる。

この一週間ルークは店には来ていないが、近くで見かけたという話をよく聞くので、まだ薬の効果は切れていないのかもしれない。


——クレアの店は、毎週水の日が定休日。

今日は待ちに待った休みの日だ。

ようやく少し落ち着きを取り戻した日常で、久々にお寝坊をしてゆっくり過ごしていたが、お店のドアをノックする音が聞こえた。

一階のお店がノックされると、二階の住居スペースまで音が聞こえるようになっている。

「今日はお休みなんで、私はいませんよー……」

誰に聞かせるわけでもなく小声で返事をし、居留守を使う。

それでもノックは鳴り止まないし、小さめのノック音が延々と続いている。さすがに気になり、クレアは二階の窓からチラリと外を覗いた。

「あれ？　ルークさん？」

ルークはいつもの騎士服ではなく、普通の格好をしていた。それでも背が高くイケメンオーラが漂う彼は、さぞ目立つだろう。キラキラオーラは消せないらしい。

少しソワソワしながら、ノックをしてはしばらく待ち、また遠慮がちにノックをするのが見える。

「また帰れなくなったのかな？」

クレアはさっと着替え、階下に降り、扉を開けた。

「おはようございます、ルークさん。どうされましたか？」

「ク、クレアっ！　おはよう！　あの、これ一緒に食べないかと思って買ってきたんだ！」

「⁇」

ルークが差し出してきたのは、紙袋。

それは王都で一番人気のバゲットサンドのお店『クリュー』の袋。

朝から並ばなければ買えず、クレアは一度も食べたことがない。

「……え⁉　これ、買ってきてくれたんですか⁉　わぁー嬉しい！　上がって上がって！」

ここ最近の無表情はなんのその、一気に瞳を輝かせルークを歓迎するクレアの頭は今、サンドで占められていた。

ルークは王宮に滞在中のクレアの様子を、シュナイゼルからちゃんと聞いていた。

『あの子は美味しいものに目がない気がする』と。

食べ物で釣った形となったが、久々にクレアからちゃんとした笑顔を向けてもらえて、ルークは心底嬉しそうにヘニャッと笑う。

王宮でのクレアの様子を見た他の騎士たちに「あの子はクールだな」と言われたが、本当はクレアがとても優しいことを知っている。でも教えてやらない。ライバルが増えても困る。

まだ朝食を食べていなかったらしいクレアは、二人分のお茶とお皿を用意してくれた。

「ルークさん、スープって飲みます？　昨夜の残りですが」

「もちろん飲みたい！」

間髪入れずに返事をすれば、苦笑された。

『クリュー』のサンドは野菜がたっぷりと挟まれ、数種類のハム、オリジナルのソースがかかり、パンは外はパリパリ、中はしっとりふわふわだと人気だ。

一口頬張ったクレアは、瞳をキラキラさせながら、正面に座るルークに向け「最高！」の意味を込めながら何度も頷き、親指を立てた。

そんなクレアを見て目を細めながら微笑み、自分自身も食べ始める。

（……並んで良かった、ホントに！）

ルークはクレアの家にはたどり着けても『クリュー』に一人でたどり着くことができない。

部下に頼み込んで、わざわざ一緒について来てもらったのだった。

　あの日、クレアに薬の効果ならばそのうち切れるだろうと言われたこと、次は恋人にお願いしたら良いと言われたことは、驚くほどルークの胸にザクッと突き刺さっていた。

（クレアが俺に興味ないのは分かってたけど）

　彼女の場所だけが分かるから、クレアのことが気にかかっているのかとも考えた。

　それならば薬が切れて、クレアではなく他の人の場所が分かるようになったとしても良いではないかと、思おうとした。

（違う……。あの小さな身体で、成り行きとはいえ引き受けてしまったことは全力でやり遂げようとするその姿勢も、そのためなら興味もない俺ですら守ろうとするところも……）

　一週間、クレアと会わず考えたのだ。

　毎日のように足が向かいそうになるのをなんとか押し留めて。

　そして、今まで付き合って来た女性たちとは、全然違う感情を彼女に持っていることに気づいた。

　男に絡まれそうになったとしても、クレアはきっと弱音を吐かない。気丈に振る舞い、なんでもないふりをするだろう。

　旅の途中に困っても、全部自分でなんとかしようとした。

　一人で生きてきたのだ、と。

　これからも、そうやって一人で生きていくのだと。

　それでいて、そっけないふりをしながらも困った人を見捨てられない。

（俺は、クレアが寄りかかられる人間になりたい。クレアに、頼られたい――――クレアが、好き

だ)
かわいらしい大きな瞳が急激に冷たい目つきになって冷めた態度になることも、不意に柔らかく緩むその瞳も、あの小さな身体も、その唇も。
全部自分のそばにあってほしいと、強く……強く思う。

†

「あぁー美味しかった！　ルークさん、ありがとうございます。ずっと食べてみたかったんです」

食べてみたかったとは言うものの、並ぶほどの情熱はクレアにはない。

ずっとニコニコしっぱなしのクレアに、ルークの頬がなぜか赤くなっているように見えた。

「クレアが気に入って良かった」

「それにしても今日はお休みなんですか？」

「あぁ、水の日はいつも休みなんだ」

「へぇ、うちの店と一緒ですね」

クレアの休みに合わせて、今週からルークが休みを変えていることなど、クレアは知る由もない。

「良かったら毎週水の日は、俺と美味しいものを食べに行かないか？　俺が買ってきてもいいし
……」

「んー……私は予定はないから構いませんけど、ルークさん忙しいんじゃないですか？」

英雄騎士様が毎週の休みのたびに予定がないなどあり得ない。

仕事に駆り出されることもあるだろうし、なにより彼はデートとかデートとかデートに忙しいはずだ。大人なお姉さんたちが列を連ねて待っていると噂で聞いている。

「大丈夫、忙しくない。クレアとご飯食べに行きたいんだ」

「うーん……いや、でもやっぱり私修羅場とか苦手なので。彼女さんに勘違いされたくないですし」

「っっ!! 今いないからそんなことにならないっ。俺はクレアと……一緒にいたいんだけど」

必死な目で訴えてくるその顔は、どこか見覚えがあり、胸が締め付けられた。

(……あ、ルーだ)

子供の時拾ってきた仔犬。あの時もこんな瞳で見ていた。

もう死んでしまったけど、ずっとそばにいてくれた。

――自分の大事な人たちはもうどこにも……一人もいないけど。

関わりたくない、と思った。

大切な人たちを失う苦しみを味わいたくないから、もう誰とも仲良くなりたくなかった。

でも、こういう瞳に自分が弱いのは、自覚している。

「ルークさん……それ、私じゃなかったら勘違いしますよ。そういうこと、どこでもここでも言わない方がいいですよ」

こうやって無自覚に女を引っかけてしまうんだろうなと、クレアは苦笑した。

その言葉に、大きく目を見開いた後「……言わないよ」と少し寂しそうに、ルークが笑う。

「そうですね。『クリュー』のサンドももらったし、お付き合いしますよ」

『クリュー』のサンドの威力は絶大だ。こんなに美味しいものが食べられるのなら、週に一回くらい、ルークの食事に付き合ったって構わない。

食べたばかりのサンドの味を思い出しながら、営業スマイルではない笑みを浮かべたままのクレアに、ルークの目が緩やかに弧を描いた。

そしてその日から毎週水の日のたびに、二人は食事をしたり出かけたりを繰り返すようになったのだった。


——オウルへの『男性を元気にする薬』はひとまず保留にしている。他のサプリを試してもらっているが「兆しは見えるんだけど、まだそこまでは……」とのことだった。

でもクレアには誰かに「精液ください」と言うことも、オウルに「この薬には他の人の元気な精液が必要なので、どっかから取ってきてください」ということも出来ず。

実際のところ採集に関しては、魔術を施した瓶での特殊作業があるため、クレア本人がするしかない。

すでにお手上げ状態だった。

誰かに言えるようなら、とっくにその辺にいたマルセルにでも伝えていたから。

あいつも一応若いし、元気だ。

最近とんと見かけない。

今日は水の日、デートの日（ルークにとっては）。

水の日以外にも、同僚と一緒に仕事帰りにクレアの店に顔を出すことも、最近では頻繁になっている。

ルークとしては一人でクレアの店に行きたいが、そうすると、クレアに送ってもらわなければ隊舎に帰れないという、厄介な問題がある。

そのため、同僚に手助けしてもらっているが、その結果……。

「クレアちゃん、打ち身に効く薬ってある？」

「この前おすすめしてもらった頭痛薬、すぐ効いたよ！　でもしょっちゅう飲むのは良くないんだったよね？　クレアちゃん、こっちのはそろそろ頭痛がきそうだなって時に飲める？」

（……どいつもこいつも、クレアちゃんクレアちゃんって……なんでそんなに馴れ馴れしいんだよ⁉知り合ったのは自分の方が二週間は早い！　俺のクレアなのにっ！）

意味不明な論理なのは分かっていようとも、ルークは不満でいっぱいだった。

クレアの店はすっかり騎士隊御用達のようになっている上に、頻繁に同行をお願いするこのコウラとダンテは、常連のような仲になっている。

クレアも客だからか、仕事に関しては営業スマイルでかわいく微笑むものだから、ルークは『クレアに惚れるなよ』と殺伐としたオーラを日々放つ。

だが偶然店の外で会ったりすると、確実にほぼ無表情なクレアに素通りされる部下たちにルークは『よし勝った！　俺はちゃんと笑顔で挨拶してもらえる！』とガッツポーズをするのだった。

そうは言っても、ルークにもほんの少し笑みを浮かべて、ペコッと会釈をして通り過ぎるという、ただの知り合いレベルの対応。特にルークが人といる時は、クレアは絶対に声をかけないし、なんなら目すら合わせようとしてくれない。

クレアが人と一定の肉体的、精神的距離を置きたいタイプであることは、もちろんすでに認識している。話の盛り上がりでクレアからこちらに質問を投げかけようとしたときも、プライベートな話題だと「……いえ、なんでもないです」と話をやめてしまう。

これ以上踏み込むべきでない、と彼女が思っているのがよく分かるのだが、それが元々の気質なのかは本人も自分のことをあまり話さないから分からないままでいた。

けれどつい先日、コウラたちの迎えをクレアの店の前で待っているときに、近所の人に捕まった。

「ちょいとあんた、英雄騎士様だろ？　しょっちゅうクレアちゃんの店に行ってるの見かけるけど、あの子にちょっかいかけて遊ぶだけなら――やめとくれよ」

親世代くらいのその女性は、マリーと言った。

眉間に皺を寄せたその表情は、ルークへの不信感と同時に、クレアへの心配で溢れているように見える。

その様子に、クレアが近所の人を大事にする理由が見え隠れしているような気がした。

「ちょっかいとか……そんなつもりはないです。――本気なので」

クレアは一人暮らしだ。家族の話をしても、ただ「もういないので」と言うだけだから深く尋ねることが出来なかった。

「……そうかい。なら……ならいいんだよ。クレアちゃんを本気で好きなら、それで」

そう言ったマリーは、心底ほっとしたように表情を緩めた。そんな彼女に、ルークはごくりと喉を鳴らし、ずっと気になっていたことを尋ねた。

きっと、本来は本人に聞くべきなのだ。けれど、それをするとクレアが傷つきそうな気がして、聞くことができないでいる。

「あの。クレアの家族は……？」

「……ああ、そうだね。……クレアちゃんは自分からは言わないだろうね」

困ったように笑ったマリーは、ルークを家に招待してくれた。クレアの店から二軒隣の彼女の家は、木のぬくもりが温かい場所だった。

クレアの店で買ったというハーブティーを淹れてくれる。

そうしてお茶を飲みながら知ったのは、まだクレアが小さいときに両親が事故で亡くなったということ。

「クレアちゃんもね、その事故の時、一緒にいたんだよ。雨の日で地盤が緩んでて、馬車が崖から落ちたんだ。でもお母さんがクレアちゃんを抱きかかえるように守ってね。そのショックでクレアちゃん、しばらく喋れなくなっちゃったんだ」

八歳のクレアを引き取ったのが、クレアの祖母であるサーラ。サーラがこの王都の、今クレアが住むあの店で薬師をしていたという。

「サーラさんは厳しかったけど、根っこは優しい人でね。引き取って三か月くらいしたらクレアちゃんも喋れるようになってきて。人との距離が近い子ではなかったけど、仔犬を拾ったりして、大事に育てて。でも――六年前にサーラさんが病で亡くなってね。その直後に愛犬も老衰で死んでしまって……突然のことだったからか、クレアちゃん、一年間また喋れなくなったんだよ」

元々人見知りではあったクレアだけれど、そこからさらに人と距離を取るようになったらしい。親しい人を作らないように、深入りしないように。

その後、あの店を守るために薬師の学校に通い、二年前に薬師として店を開業したという。サーラの手伝いをよくしていたらしく、優秀な成績で学校は卒業したらしい。

「まあ人との距離を置こうとしてるけど、クレアちゃん、困ってる人のこと放っておけないからね。サーラさんによく似てるよ。甘えるのが苦手だけど本当はすごく優しい子だから、誰かそばにいてあげたらいいのにって……あの子が甘えられる人がいたらいいのにって、うちら商店街の連中はみんな思ってんのさ」

だからね、クレアちゃんを弄んだら英雄騎士様といえども許さないよ、とマリーはニカッと笑いながら言った。

マリーの家を出たら、コウラとダンテが迎えに来ていた。「遅いですよ」と言われながら、隊舎へ戻る。

その間、ルークはずっとクレアのことを考えていた。

（クレアは、本当に天涯孤独になってるんだ。だから人に深入りしたくないのか）

クレアの事情をマリーから聞き、彼女が一人で生きていこうとしている理由を知った。

そんなクレアが、いつかはルークに頼ってくれたら良いと。彼女が甘えられる存在に自分がなりたいと、漠然と思った。

（……いつになるんだか）

ルークはまったく相手にされていない現状に苦笑しながらも、いや、少しくらいは距離が近くなっているよな！　と前向きに気持ちを入れ替えた。

とはいえ、クレアを独り占めしたいのに、自分の方向音痴のせいで部下を連れてこない限り帰ることができない情けなさは、毎度のことながら身に染みる。

毎週水の日は二人で出かけているが、行くのは近隣の人も多いところだ。当然のことながら手も繋いでもらえないし、ルークとクレアの間には、同じ方向に歩いているというのに二人分の距離が開いている。ルークが一歩詰めれば、クレアが一歩離れる。

……遠いんだが。

二人っきりになどなれない。二人になったからといって変なことをしようとは思っていない……少しは思っているが、それくらいは自制できる。

ただ、ゆっくりしたいのだ。

隊舎住まいのため自分の部屋に呼ぶことは出来ず、クレアの部屋に行きたいとも言えず。

男女関係ではサラッとした大人の付き合いを好んできたルークは、こんなにも思い悩む自分など想像したことすらなかった。

――翌週、ルークはクレアに提案した。

「クレア、王都の隣のシュピールの滝って知ってる？　今度、あそこで釣った魚をその場で食べるのとか……どう？」

そこは人がほとんど来ることがない。

なぜなら二年前に大型魔獣が出て、その後立ち入り禁止になっているから。

そしてルークには副隊長と、英雄という称号があり、その場に立ち入る資格を持っているという……二人になりたいがために、自分の肩書きまで使おうとしている。

ルークがチラリとクレアを見ると、彼女は大きな目をさらに大きくして、キラキラし始めた。

「シュピールの滝っ！　知ってますよもちろん！　そこの魚は稀に輝石を体内に持っているらしいんです！　その素材は大変貴重で……え、あそこ入れるんですか!?　ずっと行ってみたかったんです」

クレアがパァーッと輝くばかりの笑顔で喜ぶのは、食べ物か素材かのどちらかしかないんだろうかと内心苦笑しながらも、最近この笑顔を見ることが多くなっていることは素直に嬉しい。

そしてかわいい。もう抱きしめたい。

そう思いながら、釣りデートの日程を決めるのだった。

✝

ようやく、シュピールの滝へデートする日。

クレアが用意した荷物を持つルークは、今日は自分の馬を用意していた。

あの日、クローディア大森林でルークを置いて逃げた大型の黒馬・サイラスは、賢いことに自力で王都まで帰っていた。

久々に対面した時、サイラスはバツが悪そうにしつつ、ルークと決して目を合わせなかった。ルークはサイラスのその反応に噴き出し、自分から謝罪した。

「サイラス、あの時のお前の判断は正しかったよ。散々付き合ってくれたのに、お前がいう方向とは別のとこに行こうとした俺が悪い。だから……仲直りしてくれるか？」

サイラスの顔に手を差し伸べると、ためらいながらもその手に擦り寄ってきたサイラスにより、また二人……一人と一頭の信頼関係は回復したのだった。

「交通手段って……この黒馬ですか？　うわぁ……立派ですね。すごくカッコいい」

そう言われてまんざらでもないのか、サイラスがクレアに顔を寄せると、クレアは目を細めてサイラスを撫(な)でる。

それを見たルークが『サイラス、代わってくれ。俺もカッコいいって言われたい』と本気で思っていることは言うまでもない。

「俺の馬、サイラスだ。これなら馬を借りなくても二人で乗れるし、荷物も問題ない」

クレアは、柔らかに微笑み「サイラス、よろしくね」と黒馬に顔を寄せ、優しく抱きしめた。

人とは距離を置きたがるクレアだが、動物は除外されるらしい。

（なんだそれ、そんな優しげな顔で頬を寄せて、撫でて……）

「………馬になりたい……」

「え？　我が国の英雄ともあろうお方がなに言ってるんですか」

ぽそっと小さく呟いたルークの独り言はクレアに聞かれ、かわいく笑われる。

サイラスがいるからか、いつもよりクレアの表情も雰囲気も柔らかい。動物が好きなのだろうか。

ピンク色の長いポニーテールは、笑うたびにゆらゆらと揺れ、青い瞳を宿すその目が弧を描く。

ルークはどうしようもなく胸が締め付けられ、今にもその小さな体を抱きしめてしまいたい衝動を必死で押さえつけていた。

白い膝下のワンピースを着て、いつものように採集用のポシェットを下げているクレアは、馬に乗ることは慣れていたが……このような大きな馬に乗ったことはないようだ。

ルークの手を借りようやく乗ったのだが、馬上から見る景色がいつもよりかなり高いらしい。ずいぶん遠くまで見渡せることに目を輝かせているようだ。

そんなクレアを見ながら目を細めるルークは、脳内ではまったく別のことを考えていた。

（クレア、今日……なんか、胸が……おっきくないか？　そういう服？　いや、この服は前にも着てたことあるのに、その時はあんまりなにも思わなかった。詰めてる……？　今日、なんかすごく目に入るんだが……!?）

――それもそのはず。

クレアは本日、胸を押さえつける下着をつけていない。

旅の時はほぼ完全に胸をつぶせる厚手のベスト。クレアは「ペタベスト」と呼んでいる。頑丈すぎて防刃効果すらありそう。

普段は本来の半分くらいのサイズになる下着。クレアは「ややペタブラ」と呼んでいる。

そして今日は……普通の下着。

クレアは今朝いつも通り「ややペタブラ」をつけたのだが……なんと肩紐が千切れた。

特殊な下着であり、元々三枚しか持っておらず、大事に使っていたのだ。

そして他の二枚は洗濯中のため「ややペタブラ」は使用不可。さらに本日は蒸し暑く分厚い「ペタベスト」を使うと倒れてしまいそう。

その結果『ルークさんだし、まぁいっか。私なんか気にならないでしょ』と普通の下着をつけてしまっている。

ゆえにクレアは本日、サイラスの軽快な足取りと共に————ポヨンポヨンしている！

クレアの頭上から、目を疑うようにルークが二度見三度見していることを、クレアは知らない。

(……詰めてない、だと⁉　……本物っ⁉)

シュピールの滝の手前の林道は封鎖されているが、立ち入り禁止とばかりに結ばれたロープの端の木にルークがペンダントをかざすと、ロープが自然と解けた。

クレアは初めて見る光景に、目を輝かせた。

「魔術具になってるんですね」

「そうなんだ。侵入者がいれば分かるようにもなっている」

得意げに告げたルークは、あたかもここまでスムーズに自分がクレアを連れてきたように言うが
――もちろん、黒馬・サイラスに、行き先の指示を出したのはクレアだ。

ルークがここまで一人で来られるはずがないのは、最初から分かっていたこと。事前にクレアが地図で調べた上に、ルークの付き添いの騎士にも聞いていた。

二人が中に入ると、また自然とロープが結ばれる。

木漏れ日が降り注ぐ穏やかな林道をゆっくりと進む。

次第に空気がひんやりとしたものに変わってきた。葉の間からうっすらと降り注ぐ光も、ほんの少し冷たい空気も、一度胸に吸い込んでしまえばさらに吸い込みたくなるほど心地良い。

大きな水音が聞こえ始めた。林道を抜けると、シュピールの滝が視界いっぱいに広がった。

儚く(はかな)も上品なこの滝は、落差四十メートル。水量が多いわけではなく、いくつもの岩場に当たり踊るように動きを変える水は、薄いベールをかけているかのように美しい。

クレアは思わず感嘆の声を上げた。

透き通った川は流れも緩やかで、魚たちが泳いでいるのが目視できる。

「……大量にいますね」

「では……早速釣ろうか！」

二人して微笑み合い……いや、ニヤリと笑い、持ってきた釣具をセットし釣り始めた。

最初こそ透明度の高すぎる水に苦労したが、要領を掴(つか)んでからは面白いように釣れた。

クレアも野宿経験があるし、ルークもサバイバル技術は騎士として必須科目。クローディア大森林が特殊すぎたために、死にかけていただけだろう。

捕った魚の内臓をクレアが取り出している間に、ルークは火を熾(おこ)す。

魚を焼いている間に、クレアは取り出した内臓を丁寧に開き確認をする。

「……あ、あった!! ありましたよ!」

小指の先ほどの虹色に輝く石は輝石と呼ばれるもので、正式には輝星石という。

砕いて粉末状にすることで、大変高価な薬の素材となる。

最終的に、それが三つも出てきたからクレアは大満足だったし、本来立ち入れる場所ではないからルークに感謝しっぱなしだ。

魚の塩焼きはそのまま食べても美味しかったが、焼いた魚を丁寧に骨を取りほぐし、クレアが持ってきたパンにサラダと魚を挟んで食べると、これが絶品。

「クレア……っ! これめちゃくちゃウマイ! 天才か!?」

サラダにドレッシングがまぶされていたのも良い塩梅(あんばい)になっている。ルークはニコニコしながら一気に三つも食べていた。

「ルークさんは……犬っぽいですね」

「え、どこが? 肉食獣っぽいって言われるんだけど」

「……今のところ全くそれは思ったことないですね」

出会った時から死にかけていて、その後も手を繋がないとついてこられないと判断されていたルークは——どう考えてもクレアにとっては肉食獣ではない。

忠犬か……いや違う、カルガモだなとクレアは考える。ピコピコとクレアの後ろをついてくる様子が、まさにカルガモだ。

今はクレアの位置しか把握できないから懐いているようだが、薬の効果が切れさえすればそれで終わりの縁だ。

——だから深入りなんてしない。

抱いた感情をなかったことにするのは、随分得意になった。

そうすると、悲しくもない、辛くもない、苦しくもなくなる。

親しい人を作ると、そこの難易度が一気に上がるのだから、最初から作ったりしないことにしている。

「クレアは猫だよな」

「猫?」

「うん。なかなか懐かなくて、すぐふいっと逃げちゃう猫。仲良くなったと思っても構われるのは嫌っていうか。でも、気が向いた時だけでもこっちを構ってくれるのが……嬉しくてたまらないんだ」

照れたようにクシャッと笑ったルークに、クレアの心臓が跳ね上がった。

猫の話をしているのに、自分の話をされているかのようにドキドキしてしまったのを「そうですか」とよそを向くことで、冷静なふりをする。

照れ隠しで無表情になっていたが耳が赤いのはバレているのか、ルークには意味深に微笑まれた。

しばらくして片づけをしていると——視界が一気に暗くなり、同時に空を見上げた二人は、空に暗雲が垂れ込めてきていたことに気づいた。

「あ」

そう一音だけ呟いた瞬間には、バケツをひっくり返したような大雨が降り注ぎ、数メートル先しか見えないほどになる。

「ひゃあっ！」

慌てて周りの荷物を掴むクレアとルーク。

「クレア！　こっち！」

ルークがクレアの手を取り木の下まで走るが、焼け石に水。

すでにびしょ濡れだったし、この場所も豪雨を完全に遮ることはできていない。

「どこかに洞窟があったと思うんだけど……ごめん、場所は分からなくて」

「なるほど。ではこの地形からして……こっちです！」

今度はクレアがルークの手を取り走る。

もう濡れているのだからこの際そのままでも良いのだが、この天候だと雷にもなりそうで、木の下での雨宿りが安全とは思えなかった。

大雨の中を走り抜けると、そこには確かに洞窟があり、二人で駆け込んだ。服ごと川に飛び込んだかのように髪からボタボタと雫が垂れ、びっしょりと濡れた服が身体にまとわりついている。

あまりに突然の雨で呆然としたままの二人は、しばらくしてから顔を見合わせ、大笑いし出した。

「すごい雨だったな」

「私、ここまでの雨に打たれたの初めてですよ」

あまりの衝撃に笑うしかない状況で、クレアは顔に張り付く前髪をかき分け斜めに流し、ルークも両手で髪を後ろに流した。

この洞窟に大型の獣などおらず安全だと良いのだけど、とクレアは洞窟の奥をじっと見つめていた。


クレアが洞窟の安全を確認しているその時。

――ルークは、気づいてしまった。

クレアの白いワンピースが完全に肌に張り付き……透けていることを。

(えっ⁉　ど、どどどうしよう⁉　貸せる上着もないんだが⁉)

他の女性相手ならスマートに対応できるのに、クレアが相手となるとどうしてもテンパってしまう。

視線を逸らすことしかできない。

それなのに見たい欲望も捨てきれず、チラチラと見てしまうのは「男のさが」だろうか。

身体の線にぴったりと張り付いた白い服は、それだけで官能的で。何も気づいていないクレアはスカートの裾を握り、ギュッと絞っている最中だった。

うなじにピンクの髪の毛が張り付き、髪から滴る水も、服を絞るために屈めた身体はただでさえ意識していたポヨポヨした胸がさらに強調されて……ルークは限界だった。

「クレア……っ、服、透けてる!!」

恥ずかしさのあまり、クレアからそっぽを向きながら伝えた。

(俺、なんなのこの対応!?　どんだけ女に慣れてないやつなんだ!?)

自分の対応に不満だらけなのにもうどうしようもない。

クレアが相手だといつも通りの対応なんてとてもできず、緊張が限界を突破してしまう。

ようやく透けまくっていることに気づいたらしいクレアは「……あぁほんとだ」と照れるでもなく呟いただけだった。

そして黙ったまま自分の服をじっと見つめ、何か考え込んでいるかのようで。

しばらくした後、ルークの方に向き直った。

「……ルークさん。私、ずっとお話ししなければならないことがありました」

顔を背けていたルークが、その言葉でクレアの方を向いた。

身体に視線は落とさず、クレアの顔だけ見るようにして。

じっとルークを見つめるその表情は、陰になっていてはっきりと読み取ることは出来ない。

(え?　……もしかして。もしかして!?　クレアも俺のこと!?)

ルークはごくりと喉を鳴らした。

洞窟の外はもうすぐ夜なのではないかというほど薄暗くなってしまい、バラバラと大きな粒で降り注ぐ雨。ちょうどその時、強烈な稲光が眩(まばゆ)いばかりに辺りを照らし、遅れて雷鳴がやってきた。

移動したのは正解だったようだ。

「――ルークさんと初めて会った時、私、栄養薬を飲ませたと言いましたよね。そして薬の副作用で体調が悪くなったって言ったの、覚えてますか？」

「あぁ？　言っていたな」

確かに王太子であるシュナイゼルに説明する時にそんなことを言っていた。

発汗に発熱、だっただろうか。

クレアは気まずそうに俯き深呼吸をするとほんの少し頬を赤らめ、何度か言い出そうとして口を閉ざすのを繰り返す。

どうやら告白ではないらしい。まあクレアから好意など微塵も感じていなかったから当然なのだが。

ルークが首を傾げたときに、彼女は両手に握り拳を作りながら、言った。

「あれ、実は……ルークさん、性的に興奮してしまっていたんです。魔力の強い人はそういうこともあると聞いたことがあって。……それでですね、結局それを鎮めるには一度達するのが一番でして。あの、私も襲われても困りますし、欲しい素材もあったということで……」

ためらいにためらいまくったクレアは、恥ずかしそうにしながらも、はっきりと告げた。

「あのっ私……ルークさんの精液勝手にもらっちゃいました!!」

その言葉にピキッと固まってしまったのはルーク。

――不快で固まったわけではない。

クレアの口から精液という言葉が出たからに他ならない。

（え、俺もしかして、クレアと記憶がないまま、身体の関係を持ってたってこと？）

今考えているのは、興奮した自分を抑えるためにクレアが自分の上に跨がり、淫らに腰を振っている姿だ。想像した彼女の妖艶な姿に、カァッと顔に熱が溜まる。ついでに自分の中心も一気に熱を持ってくる。

「許可も得ずそんなことをしてしまって……採集はしたものの罪悪感も膨らんでいって、どうしようか悩んでいたら結局瓶がこぼれてしまって……ルークさんの精液は使えなくなってしまいました。本当に――申し訳ありませんでしたっ」

深々と頭を下げるクレアに、やっぱり自分はクレアと……!?　なんで記憶にないんだぁ!!　と思ったが。

(ん？　瓶？)

「ちょ、ちょっと待ってクレア。具体的になにをどうやって採集したのか聞いても良い？」

ルークは、自分の考える精液とクレアの言う精液が同じなのか、いまいち信じられない。

採集とはなんなのか。

精液をもらったと言うから、クレアが自分に乗っかったのち、自分は中出しでもしてしまったのかと思っていたのだが、それを巷では「採集」と呼ぶのだろうか？

「はい。えっと……ルークさんのをこう、手で……それで出たのを魔術具の瓶に入れまして」

クレアは手を輪っかにして上下に動かした後、ポシェットから瓶を取り出し、ソレを瓶に入れる様子までエアで実演をする。

……生々しい。

――つまりクレアは全く脱いですらいないし、自分に性欲を抱いたわけではないことが分かり残念に思った……のはほんの一瞬。

(クレアが俺のを⁉)

羞恥心が大半を占めているが、その中に紛れもない興奮が含まれているのは、自分のものをクレアが触ったという事実があるから。

そしてルークは、クレアが持つその特殊な見た目の瓶に、見覚えがあった。

(……あの瓶、あの時に転がってたやつ……)

ルークはマルセルが店でクレアを襲ったと思っていた日のことを思い出していた。

マルセルは玄関を背にクレアの斜め前に立ち、カウンター前に座り込むクレアには白濁の液体。

状況的に、マルセルがクレアに無体を働いたと思ったのだが。

よくよく思い返すと、そのカウンターの上に瓶が転がっていた。

さらに記憶をズームアップしてみると……その瓶からは白い液体が垂れていたような。

「――えっ⁉　ちょっ、ちょっと待って。あの店に行った時にクレアの顔にかかってたのって……」

「あぁ、マルセルが来た時ですね。そうなんです、あの日こけた瞬間にカウンターにぶつかり瓶が倒れてしまって……私に降り注いで台無しにしてしまいました。許可もなくもらったから、バチが当たったんです」

最後の方の言葉はルークに全く届いていない。

彼の頭を占めているのは『クレアの顔にかかってたヤツ……俺の……っ⁉』だ。

クレアの顔目掛けて自身が放ってしまった妄想が浮かび、下半身が限界まで元気になっているし、顔がデレすぎてもう見せられるものではないことを認識しているため、腕で顔を覆い隠している最中。

それをクレアはルークが怒っていると勘違いしたようだ。

「お怒りはごもっともです。謝って済むことではないのは分かっています。出来ることならなんでもして償いますし、許せないようでしたら憲兵に突き出してもらっても構いませ………へ、クシュッ」

濡れたままだから寒気が来たのだろう。

このタイミングでくしゃみが出たクレアは、ズズッと洟をすする。

その声で正気に戻ったルークは、このままでは確実に風邪を引くことを悟り、クレアに向け怒っていないと笑みを浮かべた。

「憲兵になんて出したりしないよ。それに……それってほぼ治療行為みたいなものだろ？　元々俺、死にかけてたわけだし。特殊な体質だから、合わない薬がたまにあるんだ」

それは、クレアもあのとき一瞬だけ脳裏をよぎった。

栄養薬がアウトなら、麻痺薬も他の薬も危ないかもしれないと。

睡眠薬に関しては、魔力に反応する素材が一切なかったため使用したのだ。

諸々の理由で正当化して同意なく勝手に『素材』をいただいた事実は変わらないのだけど、許してくれるということなので少し安堵した。

「ルークさん……」

「でも出来ることならなんでも……って言うクレアの言葉に甘えて、ひとまずお互い身体を温めよう。クレア、ほらこっちに座って」

壁面を背にあぐらをかいたルークは、クレアに向けて両手を伸ばした。

それは明らかにルークの膝の上に来いということを示していて、クレアは一瞬ためらったが……自分に拒否権はないだろうとポテポテとそちらに向かい、ルークに背を向けてそこにちょこんと座った。

そのクレアをルークが後ろから優しく抱きしめると、二人の体温が重なり合い、先ほどよりは温かくなる。

少しだけホッと息がつけたクレアだっだ。

†

——しばらくすると、先ほどの真っ暗な雨雲は嘘のように通り過ぎ、青空が広がった。

「止みましたね」

「ようやくだな」

洞窟から出た二人は伸びをする。

それでもクレアの服は濡れたままで、体に張り付き艶めかしい。相変わらず目の毒だ。

気温もそれなりに高いが、まず絞らないことにはどうにもならないだろうと思案した結果——ルークはおもむろに自分の服を脱ぎ、思いっきり絞った。

「クレア、そのワンピース一回絞ろう。こっちの服に着替えて？」

「え、ほっといたら乾くし大丈夫ですよ？」

上半身裸のルークは、バランスの取れた筋肉がしっかりとついた良い身体をしているが、その身体にはいくつもの傷がある。騎士である以上、怪我(けが)が皆無などあり得ない。

クレアはルークの身体をじっと見つめてきて、なぜか手を合わせた。

「……クレア、なにしてんの？」

「あ、すみません。この国を守ってくださりありがとうございます、と拝んでました」

「……なにやってんの。ほら、風邪引くから早く着替えて。あっち向いとくから」

強引に服を渡し、クレアはしぶしぶといった様子で、木陰に着替えに行った。

「――着替えました」

「じゃあワンピース絞るからちょうだ……い……」

ルークがクレアを振り返る。

その瞬間に、自分の目がこれ以上大きく開くことはないだろうというほどに見開いているのが理解できた。そのまま呆然と固まり、しばらくしてカッと頬が熱くなった。

ぶかぶかな隊服を着たクレアの細く白い脚が、あらわになっている。

「……え!?　あっ……か、かわ……」

「皮？」

「なん、でもない！」

ルークはクレアから急いで視線を外し、受け取ったワンピースを絞った。

クレアがたった今まで着ていたからからか、ほのかに温かい。絞った水がジャーッと落ちていく。

その間も、ルークの頭の中は、自分のダボダボの服を着たクレアが頭を占領している。

——それは完全に事後の様子。

クレアがベッドの上でぺたんと座り自分の服を羽織って『ルーク』と甘く呼び、キスをねだる姿。

その姿のクレアがルークのためにコーヒーを淹れて持ってくる姿。

いろんなパターンのクレアがグルグルと巡る。

「ルークさん？」

ひょこっとこちらを覗き込んだクレアは、その大きすぎる服により片方の肩からずり落ちかけていて……色っぽくはだけ、上目遣いで『ルーク……』と熱い吐息のクレアをしっかりと想像してしまった。

プシュー……ッと音がするように、ルークはヘナヘナとその場に座り込んでしまう。

「えっ⁉　やだ、大丈夫ですか⁉　ルークさんっ⁉」

——ルークは起きたくなかった。

今、非常に最高の気分なのだ。なぜかはよく分からない。

枕はあったかくて柔らかくて気持ちいいし、そよそよと風は吹くし、誰かが優しく頭を撫でてくれている。

（……頭？）

パッと目を開けると、視界の半分以上が壁……ではなく。クレアの胸。

ルークはクレアの膝を枕にし、倒れていたようだ。

「あ、気が付きました？　もう大丈夫ですか？　貧血……とかはなさそうですけど、どうしたんですかね……」

むむっと首を捻るクレアの顔はほとんど見えない。

……その豊満な胸で。

ルークの視界は、胸↓ちょびっとのクレアの顔（ほぼ見えない）↓空。

自分の体には、先ほど自分が絞ったクレアのワンピースがかけられている。いきなり倒れたルークを、クレアが介抱してくれていたのだろう。

「ご、ごめんっ！」

慌てて起きようとしたルークは、勢い余ってその胸に顔を突っ込む。

ほにょん。

一瞬時が止まった。

――彼女でもない、クレアの胸に顔を突っ込んだまま。

「…………」

「……」

「………っっ!!　ご、ごごごごめんっっ！」

カサカサと座ったまま移動をしたルークは平謝りし、クレアは「わざとじゃないし別にいいですよ」と苦笑する。

ルークは神に祈った。

（ありがとうございますありがとうございますありがとうございますっ!!）

濡れて透けたワンピースからの、ぶかぶかの隊服、膝枕、胸に顔を突っ込むという、意図せずにラッキースケベのオンパレード。

（俺は一体前世でどれだけの徳を積んだんだ……！　柔っ！　なにあれ!?）

クレアには是非ともそのルークの服を着たまま帰ってほしかったが、さすがにそんなのを他の人に見せられないし、自分が上半身裸になるため、しばらくして着替えたのだが。

その際も、さっきまでクレアが着ていたぬくもりをそのまま身につけることになり、一人身悶(みもだ)えていた。

必死で顔を引き締めていなかったら、非常に気持ち悪い顔になっているに違いない。

帰りの馬の上で、ルークは意を決してクレアに伝える。

「クレア……さっき、なんでも聞いてくれるって言ったよな？」

「えぇ、もちろんです。責任はちゃんと取ります」

クレアがルークの『素材』を採ったことなど、ルークにとってはご褒美のようなものだ。

さらにクレアの胸に顔を突っ込んだ時点でチャラなのだが……今ここしかチャンスがない気がする。

卑怯だが、このチャンスを逃す手はない！

「じゃあクレア。俺と、恋人として付き合ってくれ」

「…………ん？」

コテンと首を捻るクレアはしばらく考え込み、何かひらめいたようにポンと手を叩いた。

「…………あぁそっか。今は私のとこしか行き先がないから、他に彼女がいるのに私のとこにしか来られないなんて、困りますもんね」

「え？」

「なるほど、一石二鳥というわけですね」

「ん？」

「良いですよ。仮の彼女、お受けします。薬の効果が切れるまでは仕方ないですよね」

「え？　仮ってどういう……」

「ルークさんが今までお好みだった女性たちとは雲泥の差で、私ごときに務まるとは思えませんが、短期間ならなんとかなるでしょう！」

どうやらクレアは『仮の恋人』だと思っているようで、一瞬ポカンとしたルークだが気を取り直す。

（も、もうこの際なんでも良い！　これを機に……絶対クレアを振り向かせる！）

「じゃあクレア、今から俺のことは呼び捨てにして？」

「呼び捨て？　…………ルーク？」

後方のルークを振り向き、身長差で自然と上目遣いになるクレアの『ルーク呼び』に、口を押さえ悶えている。

かわいすぎて涙が出そう。

「……うん。それでお願い」

相変わらずポヨポヨしているクレアの胸をチラチラ見ながら、風邪を引かせてはならないと急いで帰ったのだった。

◆四章◆

「ねぇ、あんたがクレア？」

「はい。店主のクレアです。何かお探しでしょうか？」

ちょっときつめの美人さんがクレアに詰め寄る。

最近たまにある。理由も分かっている。

――ルークだ。

英雄騎士様が、こんな小さな薬屋に頻繁に通っているともなれば、噂になるのも仕方がないし、それは当初より予想がついていた。

面倒なことになるだろうなとは思っていたが、なんでもすると約束した以上、違えるわけにはいかない。

美人さんはクレアを上から下までジトーッと見て、胸で目が止まる。

「………おっきい」

小さな声で呟いた美人さんは、スレンダーだし胸もスレンダー。

クレアは『ややペタブラ』が二着しかなくなってしまったため、最近たまに普通の下着を使う。今日はたまたまその日。

「なるほど……ルーク様、実は巨乳好きだったとか……？」

ブツブツ言っているが、ルークの好みなどクレアは知らない。でもとりあえず大人っぽい美人な女性と歴代付き合っていたらしいし、クレアはただの仮の関係だ。

クレアはニコッと営業スマイルを浮かべる。

「今日はなにをお探しですか？」

「ふんっ、こんなとこで買うものなん……」

「クレアちゃーーーんっ!!　助けてぇーー！」

バターンッ！　と入ってきたのは化粧品系をよく購入する常連のお姉さまの一人のレナ。

半泣きで店に飛び込んできた。

「レナさん、どうしたんですか？」

「クレアちゃん〜っ！　見てこれ……っ！」

なんと肌に吹き出物が。

さらに、見るからにお肌がごわついている。

「ありゃ、どうしたんですか？　化粧品変えました？」

「そうなのよぉーっ!!　店長がお得意様の有名化粧品をもらったからこっちを使えって、基礎化粧品からなにから変えたら……こんなことになっちゃってぇ〜っ!!」

「合わなかったんですね」

「ごめんねクレアちゃん……私が浮気したばっかりにっ」

「使ってみないと分からないですもんね。とりあえずその化粧品は一回使用をやめておきましょう。その前に、綺麗に落とせていない可能性もあるので……」

　あまりに切羽詰まったレナに、応対していた美人さんのことをすっかり忘れてしまっていた。

　美人さんは「……スピシュールのレナさん!?」とレナを見て目を輝かせている。

　その女性曰く、レナは『スピシュール』という有名アパレル店のカリスマ店員らしい。クレアは『服屋の美人な店員さん』としか知らなかった。

「私を知ってるの？　もしかしてお客様かしら？」

「そうです！　スピシュールの服が大好きで！　レナさん、ここに通われてるんですか!?」

「そうよぉー。なにかあったらいつもクレアちゃんのとこに駆け込むのぉ。すっごく良い商品ばっかりなんだから！」

　美人さんはレナに感銘を受けたのか、先ほどの睨みつけるような態度を一気に軟化させ、レナ愛用の化粧水（一番高いやつ）を購入して帰っていった。

　レナにも服用薬とその他諸々を渡し、ようやく店をクローズさせる。

　――二階の部屋に上がると……裏口から鍵を使い部屋に上がっていたルークが、クレアの顔を見た瞬間にクレアに飛びつき抱え上げ、抱きしめた。

　そしてさも当然のようにそのまま自分の膝に乗せ、クレアの口に高級チョコレートを一粒放り込んでいる。

（…………あれ。どうしてこうなった？）

非常に楽しそうなルークの膝の上で、今日一日疲れ切って目が死んだ魚のようになっているクレアは脱力しながら、働かない頭を回転させ、なんとか考えようとしていた。

（このチョコレート……めちゃくちゃ美味しい……）

――頭は働いていない。

†

クレアの店の裏口は、本来玄関横の細い道から入り、裏口の階段を登る。

そこを通ればもちろん玄関横のため人に見られるはずなのだが、ルークはその身体能力を生かし、クレアの家の裏の高い塀をひょいっと飛び越えて裏口の階段へ直接向かう。

つまり、人には見られない。

といいつつも、水の日は相変わらず正面から来るのだが。

――つまり、水の日以外もルークはここにいる。

……ほぼ毎日。

「恋人だから毎日一緒にいたい」

「送ってもらうにはもう遅い時間」

「恋人だから泊まりたい」

「明日の朝、部下が迎えにくる予定だから」

なんだかんだ理由をつけ、恋人宣言をしてから早一か月。今ではほぼここで暮らしているのではなかろうか。恋人とはここまでしなければいけないのだろうか。

「仮」なのに？　クレアは疑問に思う。

でもルークは……毎回美味しいものを持ってくる。

それは高級チョコレートだったり、ご飯のおかず一品だったり、流行りの高級パンだったり。それに釣られてフラフラと家に上がらせ一緒に食事を取っていくうちに、スキンシップが増えていく。

合言葉は「恋人だから」だ。

今のところ、ハグ・膝抱っこ・食べさせるまでは、なし崩し的に許可を出した……というより強引に押し切られたし、気づけば合鍵も渡してしまった。

——どうしてこうなっているのか、よく分からない。

ルークはこの状況を楽しんでいた。

「もういいですか?」「そろそろ離してください」と、クレアの恋愛感情に変化があるようには全く見えないが、それすらも楽しくなってきている。

スン、とした表情のままなのに自分の膝の上で大人しくして、自分の手から食べ物を食べる。

(なにこれ！　めちゃくちゃかわいいんだけど!?)

明らかに気は許してきているのだと感じる。それが恋愛的な感情かは、別問題だが。

クレアの店の二階住居部分は、中央にキッチン兼リビングがあり、その両隣にクレアの部屋と、ルークが使用している客室があった。

つまり、当然のように寝るのはいつも別々である。

――だが、今日こそ一緒に寝てみたい。

何もしないけど。添い寝がしたい。

ということで取り出したのは……お酒だ。

今日のお土産は高級チョコレートだけではない。酔わせてちょっと良い雰囲気を作ろう作戦である。

「クレア、これも一緒に飲もう」

「あぁ、ではご飯作ります」

こうして二人でご飯を作り始める。

ルークは野菜の皮を素早く剥き、クレアが味付けをしていくこの時間は、新婚のようで多幸感で満たされる。

騎士隊の皆はすでにルークがここに通っていることを知っているし、もちろん一人で行くことが承認されている。なぜなら行き先がここならば、ルークは絶対迷子にならないからだ。

少しくらい飲んで寝坊しても、お互い明日は休み。

悪い作戦だが、クレアを酔いつぶしてベッドに運ぶついでに、自分も添い寝するのもありだと考えている。

――が。

食事を終え、実はこの度数の強い酒でダウンしたのはルークだった。

「はれぇ？　くりぇあ、おしゃけつよいー？」

「……ルーク、お酒弱すぎではないですか？」

「いやぁ、しょんなはずは……」

全く弱くないはずなのだ。外で飲んで『酔う』という状態になったことがない。

だが、ルークは計算違いをしていた。

自分の部屋で一人で飲む時だけは、コップ一杯で十分なことに。

ルークの『酔う、酔わない』は周りの環境に大きく左右され、クレアの隣はルークにとってすでにホームであるということに気づいていなかった。

「はぁ……身体がおっきいんだからちゃんと自分で歩いてくださいよ」

「くりぇあー……」

にこにこと笑うルークの意識は——朦朧(もうろう)としていた。


クレアは自分の肩にルークの腕をかけ、彼が寝泊まりする部屋までヨタヨタと連れて歩く。

クレアが小さすぎてしっかりした杖(つえ)になることは出来ないのだが、ルークもクレアを押しつぶすまいと、クレアの誘導を元になんとか自力で歩く。

彼の体温はかなり上がっていて、完全に酔っ払っていることは一目瞭然。

ようやく部屋につき、ルークをベッドに放り投げたら……自分も一緒に引っ張られベッドに横たわってしまった。ルークの腕は自分に絡まったままだ。

「ちょ、ルーク！　離してください。重い」

「いっしょにねよぉー……」

「イヤですよ。私は一人で寝たい派です」

「…………ぐぅ」

酔っ払いに素で返すクレアだが、通じてないのは分かっている。

一人で寝たいもなにも、人と寝たのなど幼少期以来のため比べようもないのだけれど、誰かと寝たくなったこともないのできっと『一人で寝たい派』だろう。

がっちりとホールドされたルークのたくましい腕は、どうあがいてもクレアから離れない。

「ルーク……もう、ルークっ！」

強めに声を出してみるが、全く起きる気配がない。

しまいには両手でさらに強くホールドされ、もう諦めるしかなかった。

食事の片づけもしていないのに動けなくなったクレアは……「もう知りませんっ！　私も寝ます！」

とプリプリと目を吊り上げながら、ルークの腕の中で寝ることを決めた。

目の前にはルークの胸。

あまりに近すぎてその心臓の音もはっきりと聞こえるし、少し熱いくらいの体温も、抱きしめられた腕も甘んじて受け入れてしまえば……。

ホワッと安心感が降りてきて、一気に睡魔が襲ってくる。

――ルークと一緒にいるのは、実は苦ではない。

いつの間にかクレアの生活の中に、彼は自然と溶け込んでいた。夜に誰かと食事をしたり、お酒を飲んだりする時間は思ったよりも居心地が良く、心が緩むのを感じる。

誰かと夜に食事をするのなんて、何年ぶりだろうか。

なんでこんな有名人がここにいるの？　という疑問がたまに浮かんではくるものの、ルークは目立ちたくないというクレアの気持ちも尊重してくれ、外では過剰に触れてくることはない。

その気遣いを嬉しく思う。

悪い人ではないのは分かっているからこそ憎めないし、強く拒絶することが出来ない。

（――あれ……なんか、心地いい……）

ルークの寝息と心音を聞きながら、あっという間にクレアの意識は遠のいたのだった。

✟

最高に弾力の良いマシュマロみたいなクッションがある。それを優しくニギニギしてみたいのは、人間のさがではないだろうか。

ルークはそれを実行していた。そのふわふわがなんなのかも知らず。

「……ん」

小さく聞こえた声で、ルークはバチッと目を開けた。

ベッドにいる自分の腕の中には……愛(いと)しのクレア。スヤァッと眠るクレアの胸には……自分の手。

一瞬何が起こっているか分からず、今までの動作を変えず凍ったまま。

つまり――ルークの手はクレアの胸をモニモニと揉(も)んだまま、だ。

(え、なんでクレアがここに？　あれ、昨日俺どうやって寝たっけ？　うわぁ、やわ……俺なにして……)

「んぅ……」

クレアが怪訝(けげん)な表情を浮かべた瞬間、ルークはパッと胸から手を離した。

(……俺なにしてんの!?)

冷水を浴びせられたように、一気に正気に戻った。

なぜか自分のベッドにクレアが寝ていて、自分の腕の中に閉じ込めている。さらに、無意識のうちに寝ているクレアの胸を揉んでいた。

驚いて飛び退きたいところだが、自分の腕の中でクレアがスヤスヤと寝ている。

――今一番重要なのは、彼女のこの眠りを決して妨げないことだ。

なんせ自分の腕の中で安心しきってスゥスゥと寝るクレアの姿なんて見たことない。そもそもクレアの眠っている姿自体、見たことがなかった。

うたた寝していても、少しの物音で起きるタイプだったのだ。

(め……っちゃくちゃかわいい……クレアが寝てる！)

……まぁ結局クレアはすぐ起きたのだが。

そしてその後ルークはベッドの上に正座させられ、説教をされた。

「ルークは大きいし重いんです。私じゃ運べないんです。酔っ払うほど飲まないでください。何と勘違いしたのか、私を抱き込んだまま離さないし。あんなにお酒に弱いとは思いませんでしたよ、ほんとにもう……」

仁王立ちしてぷうっとむくれているクレアもかわいいし、さっきの寝顔もかわいいし、怒られているのに何から何まで可愛いものだからルークは「ごめんなさい」と言いながらも顔のニマニマを抑えることができていない。

それにきっと、他の何かに勘違いなんてしていない。クレアだから無意識のうちに抱きしめたのだろう。

「……ちゃんと反省してます？」

腰に手を当て、こちらを覗(のぞ)き込むクレアに……欲望は振り切れ、もうたまらんと手を伸ばしベッドに引っ張り込み、ギュッと抱きしめた。

「うわっ」

「クレアかわいいっ！　なんでそんなにかわいいんだ。かわいいがすぎるだろう⁉　愛してる！」

「はぁっ⁉　ほんとに何言ってるんですか！　離して！」

「ムリ！　かわいい！」

ジタバタと手足を動かすのに全くホールドを解除出来ないクレアは、完全に怒った。

「いい加減にしなさーいっ！　離さないと我が家に来るの禁止にしますよ⁉」

その瞬間にパッと手を離し、ショボンとしたルークにクレアはサッと距離を取る。

ルークの甘い言葉など、クレアは一切本気にしていないらしい。

毛を逆立てた動物のようにルークから目は離さないが、大きな瞳は吊り上がり、近寄るな！　と警戒している。それすらもルークはかわいくてたまらないのだが、もう一度謝罪をして、今日は奮発したランチを奢ることで手を打ってくれたクレアだった。

†

目的のレストランまで、クレアがルークの前をスタスタと早足で歩き、その後ろをルークはついて行く。前を歩くピンク色の髪がゆらゆらと揺れていて、それを見ると自然と唇が綻んでしまう。

クレア以外ならこの歩き方をされると五歩目くらいですでに別方向に進んでしまうのだが、小柄なクレアが自分の視界から見えなくなろうが、器用に（普通は当然なのだが）トコトコと彼女の後ろをついて歩く。

たまにちらっとクレアが振り返りルークがちゃんとついてきているか、確認してくれる。ルークはそのたびにヘラッとクレアに微笑むが、彼女はバツが悪そうにプイッとまた前を見て歩き出す。

まだ怒っているけれど、やはりちゃんとついてきているのか心配らしい。

（～～っっ!!　なにあれ！　クレア、なんであんなにかわいいんだっ！　抱っこして歩きたい！）

——最近のルークの頭の中には『クレアかわいい』という語彙以外、ほとんど存在してないようだ。

ルークは有名人なだけあり、色々な人から頻繁に声をかけられる。

歩みを止め話すこともよくあり、その場合、クレアはルークと他人のふりをしつつ、少し先の方で待つ。

そのたびに、ルークはすごい人なんだと、クレアはまざまざと実感させられていた。

先の戦争で活躍したのはもちろんのこと、魔獣討伐や盗賊退治など様々なところでその実力を遺憾なく発揮し、日々人々に感謝されている存在であることをようやく知った。ルークは名実共にまごうことなき英雄であり、そんな彼のそばにいる自分に違和感しかない。

今日も少し先でルークを待っていると、いきなり声をかけられた。

「あれ、クレアちゃんだ」

「ほんとだ。クレアちゃん、一人？」

「コウラさん、ダンテさん、こんにちは。一人……ではないと思います。多分」

ちらっとクレアの後方を確認した騎士隊の二人は、ルークが数人に囲まれているのを確認したようだ。

「あぁーなるほど……どこに行く予定なの？」

「ルストラリエに」

「えっ、俺たちも行くとこなんだよ！　今日給料日だから奮発なんだ。副隊長捕まってるし、一緒に先に行かない？」

「うん、それがいいよ。あの様子だと長引きそうだし。クレアちゃんが先に行ったことも、副隊長は分かるだろうしね」

「……そう、ですね」

クレアはしばらく思案したあと「やっぱり待っときます」と伝えたため、コウラとダンテは顔を見合わせ、では自分たちも一緒に待つよ、と言った。

「副隊長、ルストラリエに行くタイプに見えなかったなぁ」

ルストラリエは、綺麗に盛られた小鉢が少しずつ、かつ品数はたくさん出てくるタイプのお店で、女性人気が高い。

ルークはガッツリ食べたい派だということを、この二人は知っているのだろう。コウラとダンテは食べ歩き好きで、二人で色々と開拓しているという。

「今日は、昨日私に迷惑かけたお詫びランチです」

「副隊長、なにしたの⁉」

「我が家で酔っ払いました。彼はすごくお酒が弱いんですね。驚きました」

「え？　副隊長……いつも全然酔わないけど」

「うん。顔も赤くならないし全然変わらないよな」

その言葉に、クレアはキョトンとした。昨日は確かにあっという間に酔っ払っていたから。

「あ、クレアちゃんこっち。そこ危ないよ」

人が走ってきてぶつかりそうだったクレアに、ダンテがクレアの肩に手をかけ誘導する。

「すみません。ありがとうございま」

クレアがそう言い終わらないうちに、今度は逆方向に強い力で引っ張られた上、フワッとクレアの身体が浮いた。

「なにやってんだ、お前らっ‼」

クレアはルークに抱えられていた。


サインを求める人に捕まっている間に、ルークがふと見ればクレアは男二人に囲まれていることに気づいた。さらに肩を抱かれたのを見た瞬間に即座に走り出し、クレアを抱き上げ、奪い返していた。

――ナンパされて、どこかに連れていかれると思ったのだ。

「あの、副隊長」

「――あれ？　なんでお前らがここに」

「………………おろしてください」

「クレア、一人にしてごめん」

「……そんなことは、どうでも、いいから。早く。今すぐ。――おろして」

聞いたことのないようなクレアの低く静かな声に……怒らせてしまったことにルークはようやく気づいた。恐る恐るクレアをおろしたものの、やらかしたことを自覚し青ざめている。

よく見れば、周囲の人がこちらを見ていた。ルークという有名人が抱き上げた女の子に注目が集まるのは当然のこと。

――彼女は目立つことを好まない。

自分と街中を歩く時は、二人の間にもう一人誰かいるのではないかという距離を空けるし、食事は共にするが、外では決して恋人のように寄り添って食べたりはもちろんない。

クレアを膝に乗せたり、食べさせたりするのはクレアの家限定の話。

おろされたクレアはしばらく俯いたあと、パッと顔を上げ満面の笑み……営業スマイルをルークに向けた。そしてルークの手首を掴んだ。

「え」とルークが喜んだその瞬間、ダンテの手も掴み、ルークの手とダンテの手を……握らせた。

「ダンテさんたちもルストラリエに行くんですって。よかったですね！　――では三人でお楽しみください！」

クレアは踵を返し、早足で歩き出し……そのうち全力疾走で去っていった。微笑むクレアの額に――青筋が見えた気がする。

ポツンと残された男三人。

愕然とした顔をして、クレアが走り去った方向に手を伸ばしたまま固まっているルークを見て、コウラとダンテが顔を見合わせた。

「――副隊長、追いかけないんですか」

「クレアちゃん、あれ完全に怒ってますよ。ほったらかした上に人前でいきなり抱っこ……いくら小柄でも子供じゃないんだから」

「クレアちゃん、目立つの嫌いなんだし」

「…………」

今まで付き合ってきた女性たちは、常にルークの腕に勝手に絡まってきていたのだ。急遽入った仕事の呼び出しであろうとも、彼女たちはルークをなかなか放そうとはせず、身体を密着させてきた。

でもクレアは――ようやく家の中なら近寄らせてもらえる、というレベルだったのに。

今、すべてを台無しにしてしまった気がする。

茫然自失になったルークは動かない。今追いかけてもさらに嫌われてしまうんじゃ、という思いが強いのだ。

コウラたちは、ルークとクレアがまだ恋人未満なことを勘づいているだろう。いまだルークの一人相撲なことも。

二人は視線を交わし、ため息をつきコクリと頷き合った。コウラが、さっとその場から離れる。

「クレアちゃんに、俺たちと先に店入っとこうよって誘ったんですよ。でも、副隊長待っとくって」

「クレアが……？」

「そうですよ。副隊長と二人で行こうとして、クレアちゃん、ちゃんと待ってたんですよ。副隊長が追いかけなくても別に俺はどうでも良いんですけど……。クレアちゃんの場合、副隊長が引いたら確実にそれっきりでしょうけどね」

ハハッと笑うダンテのその言葉に、グッと息が詰まった思いのルークは、一度深呼吸をした。

まさしくダンテの言う通りであり、ルークが引いた時点で、クレアは顔を合わせても会釈をするだけの、知り合いの関係に戻ってしまうだろう。

でも、クレアはクレアなりにルークに向き合おうとしてくれていたのだ。

「巻き込んで悪かった」

「いやいや、しょっちゅう送迎させられてる時点で存分に巻き込まれてるんで。頑張ってください」

「副隊長っ！　これ持っていってください」

コウラが、袋を抱えて走ってきた。

「ルストラリエで無理言ってテイクアウト頼んだんで。クレアちゃんに！」

「ありがとう……」

「ほら、早く行ってください」

ルークは袋を持って、クレアの家に向かい走っていった。


「…………副隊長、家に入れてもらえるかな」

「テイクアウトあるし、いけるんじゃ……」

「それにしてもテイクアウト、早くね？」

「英雄騎士の一大事ってことで、出来上がったばかりのお客さんの料理、詰めてもらった。お客さんも快諾してくれた」

「さすが英雄騎士様。最近やたらとヘタレに見えるのは気のせいかな？」

「…………クレアちゃん、難易度マックスだから」

上司が走り去った方向を見ながら、遠い目をする二人だった。

✝

走りっぱなしで自宅まで帰り着き、クレアは鍵を閉めた。

裏口の扉なんて、いつもの鍵に加えて別のロックもかけた。ルークが鍵を持っていようとも、これで中には入ってこられない。

――なんに対して自分が怒っているのか、よく分かっていない。

目立ったのが嫌だった。子供のように抱きかかえられたのも嫌だった。

ルークの相手が自分だと、思われることも嫌だった。

思考がぐちゃぐちゃしてきて、そのことが嫌で仕方がない。

(――やっぱり人と付き合うのは難しい。ルークは憎めない人だけど……これ以上、私の生活を乱したくない。もう関わるの、やめよう。一か月も経ったし、仮恋人期間には十分でしょ)

いまだになぜか薬の効果は切れずにいる。それでも、もう十分ルークの戯れに付き合ってきたと思う。

初対面で素材を勝手にもらったことは、命を助けたこと・仮恋人を一か月したこと・寝ぼけて抱きしめられて寝たことで、も十分対価に値するはず。

子供のように、ペットのように、甘やかされるのはもうごめんだ。

そんな関係は――クレアに必要ないのだから。

コンコンコンと裏口の扉がノックされる。そんなところをノックするのなんて、ルークしかいない。

もちろん無視だ。ノックは何度も繰り返される。

(……うるさい)

扉越しにか細い声がした。

「……クレア」

「お引き取りください」

扉に背を向けたまま、クレアは低い声で言った。

「クレア、本当にごめん。ルストラリエのご飯、テイクアウトしてきたんだけど……」

「結構です。もう来なくていいです」

美味しいご飯くらいではもうなびかない。また静かな生活に戻る。

誰もいないけど、それで構わない。仲の良い人は作らない。あの時そう決めた。

「……クレア、ごめん。人前であんなことして……」

「もう良いですから。今までお世話になりました。そのご飯は帰ってからお召し上がりください」

そう言ったところで、クレアはあれ……と思った。

そして案の定、彼は小さな声で言った。

「……帰れない。誰も一緒に来てない」

「………」

(――ほんとに手のかかる……っ!!)

扉を開けるしかない状況に、ガチャガチャと音を立て鍵を開け「今から送っていけばいいですね」と、キッとルークに鋭い視線を向けると……ルークの瞳が完全に潤んでいた。

目が赤い。

「――――え」

(これ……泣いてない？　なんで？　大の大人が、英雄騎士様が、なんの理由で？　あの一瞬で何があったわけ？)

ポカンとして目を丸くしたクレアはしばらくその場に固まり、「………まぁ、中へどうぞ……」とバツが悪そうに言うしかなくなってしまった。

これほど落ち込む原因が自分であるなどとは、微塵も思っていない。

冷たいお茶を出して、ついでにお皿も出して、ルークの持ってきたルストラリエのテイクアウトを開けて、お皿によそう。

一言もなく、シュンとうなだれたままのルークは、見るからに落ち込んでいる。

……今、昔飼っていた愛犬が脳裏に浮かんでいる。

いたずらをした愛犬ルーを思いっきり叱った後の、ルーの反応によく似ていた。

とはいえ、彼は人間。

「いただきますね。ルークも早く食べてください。食べたら送っていきます」

そのころには、ルークもきっと落ち着いていることだろう。

一体なにがあって彼はこんなに落ち込んでいるのか。

あの一瞬で知り合いに不幸ごとでもあったのだろうかと頭をよぎったが、口を挟むことではない。早く食べたら、もうこれっきりだとクレアは確かにそう思っていた。

クレアの言葉で、ルークはフォークを持つ手がぴたりと止まり、そのまま硬直してしまった。それは言外に、もう来るなと言っているのだろう。

今ルークは必死で考えている。どうやったらクレアとこれっきりにならずにいられるか、を。

彼女が今日この場限りで自分と縁を切ろうとしているのは、ひしひしと伝わってくる。

クレアのこととなると、何一つスマートにいかないし、情けないことばかり。

（クレアが望むもの、クレアが望むもの……）

さっきからずっとそればかり考えている。

「ルーク……いえ、ルークさん。仮恋人期間はこれで終わりです。もう素材分は十分だと思うんです。あとは他の方をお探しください」

（……………素材っ！！！　これだ！　なんで思いつかなかったんだ！）

ルークに一筋の光明が見えた。

「クレア。仮恋人はもう終わりでいい。その代わり……恋人になってくれ」

「…………はぁ？」

完全に『何言ってるんだこいつ。頭大丈夫か』の発音だ。それでも、今伝えなければ今後一生チャンスはない気がする。

「意図するところがよく分かりませんが、とりあえずお断わりいた」

「恋人ならっ！　例の素材を提供できるっ‼」

クレアは「え？」と一声出し、ルークの顔を見た。

明らかにクレアの興味を引いたことに、ここで一気に押せ！　と脳内ルークが全力で叫ぶ。

「恋人なら……例の素材、提供できるだろ？　それも、自主的に」

「……自主的に？」

「そう。合意の上で」

「合意……」

「俺が恋人になれば……お得満載、だよ？」

「お得……」

「そう、お得。――どう？」

クレアは目の前に人参（素材という名の精液）をぶら下げられ、天秤があっちこっちに傾いている
ことだろう。

ルークという目立つ人物と一緒にいることで目立ってしまうことと、素材が手に入ることとの天秤。

今まではルークと一緒にいるメリットが、クレアにとって少なすぎたのだ。

それならば、メリットを増やすまで。ルークは、もうあと一歩、とたたみかける。

「シュピールの滝だってまた連れていってあげられる」

「シュピールの滝……」

「ほぼ立ち入り禁止のタヌアの山もリリスの森も、他の素材収集だって俺なら一緒に行ってあげられる！」

「よし、その条件飲みましょうっ」

なんとかしてあげたかった若旦那さんへの薬。

その素材が合法的に手に入るとはいえ、誰かが自分の恋人になるなど考えたこともなく、どんなものなのか見当もつかない。お世話になった人の薬のためと言っても、そんなことを若旦那さんはきっと望まないのではないかと、そう考えていた矢先に。

普通では決して手に入らないであろう超貴重素材の入手場所に、ルークがいれば立ち入ることが出来るという。

クレアは――素材マニアだ。

わざわざ旅をしてまでクローディア大森林の希少素材を取りに行くのも、その理由。同じ種類の薬草は近所の素材屋で購入できるというのに、大森林で採取したものの方が薬効が強かったり、珍しい素材に出会えたりするから。他の人が立ち入ることがないというのも、特別感があった。

そんなクローディア大森林にすらも存在しない素材が――手に入るかもしれない。

（そんなの……頷くしかないじゃない！）

――あっさりと。

クレアは素材を目の前に、陥落した。

仲の良い人は作らないと決めていたあの心さえ、あっさり覆った。目立ちたくないという思いは消えないけれど、それどころではない。

絶対に自分では手に入れることが出来ない素材の数々が、お目見えするかもしれないのだ。

もうこれは、素材一択だろう。

これがもし知りもしない人だったり、嫌悪感を覚える人であればもちろん断ったけれど、ルークが悪い人ではないことは、もう知っている。

クレアがまだ見ぬ素材の数々に夢を馳せ、きらきらと目を輝かせていると、しばらくポカンとしていたルークが、クスクスと笑い出した。

「……今はまだいいんだけど」

小さな声で言った言葉はよく聞き取れず、首を傾げていると、彼はいたずらっ子みたいに片方の口角を上げた。

「本当の恋人、だよ?」

「はい！」

本当の恋人がどんなものなのか分からないけれど、希少素材に勝るものはない。

元気よく返事をすれば、彼は苦笑した後、クレアの手を両手で大切そうに握り込み、目を細めて言った。

「あと……改めて言っておくね。俺は――クレアが好きなんだ。一人の女性として愛してるから」

「…………はぁ」

この人は一体何を言っているんだろう？　と思いながらも、あまりにそのまなざしが真剣で……思わず背筋に緊張が走った。

「もう容赦はしないから」

顔一面に満悦らしい笑みを浮かべたルーク。

本当の恋人とは結局何をするんだろう？　なぜルークはこんなに嬉しそうなのだろう？　と、クレアは不思議そうにルークを見ていた。

◆五章◆

クレアとルークが先ほど『本当の恋人』というものになった。

一息つこうとあの後お茶を飲み、しばらくしたころ……クレアは唐突に気が付いた。

(あれ？　もしかして、もうすでに今の段階って……合法的に素材がもらえるってことなんじゃない⁉)

たとえ薬の効果で若旦那さんの男性機能が復活しようとも、すぐに妊娠することなどなかなかない。

若旦那さんが『子どもが出来なければ離縁を』と両親に言い渡された期間まで、あと七か月。

そこまでに子どもが出来なければ、若旦那さんは妻のシルフィさんと共に家を出てしまうだろう。

第二の家族のような存在の『翠林館』が、ばらばらになってしまうのは悲しい。

つまり——素材の入手は早ければ早いほど、良い。

「いつ……いつ素材、もらえますか⁉」

ソファに横並びで座り、たった今まで二人でお茶を飲んでいたわけだが。

目をキラキラと輝かせ始めたクレアに、ルークがウッと言葉に詰まりながら目の周りを赤く染め、後ずさる。

「もしかして、今……いるの、かな？」

「出来れば！　早ければ早いほど」

「えっと……俺が一人で瓶に入れたりとか」

「いえ、きっとムリです。私専用の魔術具なので」

「つ、つまり？」

「私が採集しますよ。お任せください！」

素材が手に入るという、ただその一点で頭がいっぱいのクレアは胸を叩く。ポヨンと胸が揺れたことに、本人はまったく気づいていないようだ。

一度すでに彼の素材はいただいているのだから、なんの問題もない。

――けれど、今回はルークが起きた状態であるということを、クレアはすっかり失念している。

「……素材を渡したら、すぐ別れるとかないよな？」

「そんなことしませんよ！」

まだ他の素材も欲しいのに。そんな勿体ないことをするわけがないではないか。

赤い顔をしたまま狼狽えるように、少しずつ自分から距離を取ろうとするルークを追いかけるように、クレアは遠ざかった分の距離をぐいぐいと埋めていく。

早まったかな……とルークは思った。

本当の恋人の許可をもらったとはいえ、クレアの脳内が素材で占められているのは一目瞭然。

自分の素材をくれ、と距離を縮めてくるクレアがかわいくてたまらないのだが、自分が今からされることを思えば、即答できないのも当然のことだろう。

好きな相手に一方的に、そこの部分だけ刺激されるわけだ。

だが、脳内ルークが叫ぶ。

『このチャンスを無駄にするな!』『今こそ押しの一手だ!』と。

クレアが「早速……」と言いながら例の小瓶の用意をし、いつでも準備オッケーだと言いたげに目を輝かせている。

しばらくしてから、——よしっ! と覚悟を決めた。

「俺だけ……俺だけするとか恥ずかしいから。恋人だし……キス、しても——良いよな?」

「へ……? あ……はい」

クレアがまだよく理解してない間に、ルークはその中途半端な返事を逃さない。

ソファに座り、クレアの後頭部を抱きかかえるようにして固定し——その唇に優しく口づけた。

ひどく柔らかい。

むさぶりつきたくなるような強烈な欲望を押し込め、何度か優しく啄(ついば)み、次第に舌を挿入した。

クレアは初めてのキスに、なされるがままだった。

深く濃厚な口づけに息が上がってくるが、絡み合う水音と、自分から漏れ出る吐息が脳内を埋め尽くし、背中がビリビリとしてきた。

「クレア……かわいい。もっと声聞かせて」

そう言ってルークの手が、クレアの胸に軽く触れた。驚き、心臓が飛び跳ねる。

「クレアの手は……こっち」

クレアの手を自身の中心に導くルークは、いつの間にか自分の前をくつろがせていた。元々そのつもりだったというのに、手に触れる硬くなったルークの中心に思わず怯んでしまう。

ギブアンドテイクとでもいうように、ルークはクレアの胸を服の上からやんわりと触り始めた。

（ふぇ……!?　えっ!?）

大きな手で胸全体を優しく包み込むように撫でられ、そして緩やかに揉まれる。その間、クレアの胸の先端を何度も指がなぞった。

「っ、……～～っ」

なんとも言えない感覚に、声が出そうなのを必死で押さえていたら、「……声、聞かせて」とルークの重低音が耳元で響いた後、耳の縁をねっとりと舌で舐められた。

「ひあ……っ、んぅ」

しびれたような感覚が波のように全身に行き渡り、下腹部がぞわぞわしてくる。

何をするにもクレアの許可を取ってきた今までのルークとは、全然違う。

（容赦しないって……こういうこと!?）

よく分からないまま気づけば押し倒されているし、濃厚なキスをされ胸を揉まれ、自分は彼の中心

を触っている。

そしていつしか、緩められた下着のその下、素肌を直接触り始める。

胸を這うルークの手が、熱い。胸の先端を指先で弾くようにして、何度も行き来された。

自分で身体を洗うときにそこを触ろうとも、何も感じないというのに……触られるたびに、下腹部に熱が溜まっていく不思議な感覚。

「んっ、……ぁ！」

それでも『素材を……素材を集めなきゃ！』との微かな理性は残り、なんとか手の中にある剛直を刺激する。感触は生々しく、刺激するごとに目の前のルークがほんの少し目をつぶり、眉を寄せる姿がなんとも卑猥で。

クレアと視線を合わせたルークは歪んだように微笑み、クレアの唇に貪りつく。唇が解放されたと思えば、今度は首筋をぱくりと食べてしまう。啄むようにされる首筋へのキスは、チクリと痛みすら感じながら、舌で首の横を下から上に舐められる。一気に全身が震えた。

「ひぁ……～～っ」

――こんな予定ではなかった。

もっとお手軽に、あのときのように淡々と素材が入手できると思っていたのに。

ルークの色の宿った瞳は獣のようで、自分から逸らされることがない。

口腔内を蹂躙される。形が変わるほど胸が揉みしだかれ、自分が暴かれていくかのようだ。ルークがクレアの胸の先端に顔を寄せ、生温かい舌でにゅるりと舐め、舌先で転がし始めた。

「っ、あぁ……っ、ひぅ……ん、ルークぅっ、ぁん、はや、くぅ……っ！」

早く、早く達してくれ、これ以上は心身が持たない、と身体をピンクに染め、ルークの中心にかける自分の手もなんとか動かしながら、涙目で懇願するクレアだったが。

「ん、もっと……？　クレア、かわいい……っ！」

クレアの胸の尖りを吸い上げ、甘噛みした。

「あぁ……！　っん、ぁ……っ、ち、がぅ……っ！」

「――じゃあ、こっちが良い？」

今度は吸い上げながらコロコロと転がされる。その間、もちろん反対の手は空いた胸の尖りをずっと弄ったまま。

ようやくルークが達する気配を見せたとき、すでにクレアは息も絶え絶えでピクピクと震える身体をなんとか抑え、真っ赤な顔をしながらルークの中心と対峙したのだった。

✝

「と……採れた……っ」

この時のクレアの格好は、服を胸まではだけさせ、首筋や鎖骨、胸元に赤い跡をつけているという、なんとも色っぽい姿となっているが、クレアはまったく気にしていない。

最終的にルークが自分の中心に手を添えるクレアの手に手を重ね、ちゃんと合図をして、準備をした彼女が採集した。

　まじまじと小瓶を見つめるクレアの瞳は、輝いている。

　採集中は無性に恥ずかしさを感じたが、ルークは素材を提供してくれるのだから、あれくらい付き合うべき……なのだろう。

　苦難があってこそ、達成感もより一層増すというものだ。

　目の前に待ちに待った素材がある以上、先ほどまでの行為など気にしている暇はない。

　ルークは小瓶を眺めるクレアを見て、気まずそうに小瓶から視線を逸らした。どうやら自分の「素材」は見たくないらしい。

「それで大丈夫そう？」

「はい、完璧です！　ルーク、ありがとうございました」

「そ、そっか。それなら良かった」

「では私は抽出作業に入りますね！」

　じゃ、そういうことで！　早く作業に入ろう！　と立ち去ろうとしたクレアの手をルークが掴み、引き止めた。

　なんだろうとクレアが小首を傾げると、ルークは無理矢理に理由でもつけるように、ためらいながら言った。

「あ、えっと……」

「はい？」

「えっと……俺も作業、見ても良い？」

「構いませんけど、面白くないと思いますよ？」

「もう少しクレアと一緒にいたいんだ」

「……はぁ？」

作業を見ても別に何も楽しくはないと思うが、とりあえず一刻も早く抽出作業がしたい。

そういえばルークがクレアのことを「好き」とか言っていたな、と思い出したが、彼は今、クレアのところ以外どこにも行けないのだ。

孵化（ふか）した雛（ひな）が初めて見る親に、懐いてしまうような現象なのだろう。

つまり、刷り込み現象。

それもこれも、きっと薬の効果が切れればなくなるだろう。

（それまでの間なら、少しくらい付き合うか。きっと今は他の女の人のところに行けないから、発散できないんだろうし）

その感情は本来自分に向かうものではなく、この特殊な環境だからだと理解している。

「まぁ別に楽しくないでしょうけど、いいですよ」

一階の調剤室に行き、作業台の前に立つ。

様々な器具を用意した後、ふぅ……とクレアは深呼吸をし、頭を切り替えた。

瓶の蓋を開けると、フワリと中の『素材』が浮かび上がる。

クレアが何かを呟くと、一つの液体が三種類に分離し、別のフラスコにゆっくりと注がれる。

ほんのり青白く光る一つのフラスコにクレアが手をかざせば、その中から一部分だけがふわりと浮かび上がる。

ルークは、クレアの作業にいちいち感嘆の声を上げていた。

何度かルークに「退屈じゃないですか？」と声をかけたが、彼は「いや、楽しい」と目を輝かせ、結局最後までそばにいた。

ということで、時間はすっかり夕暮れ。

そして、ようやく『男性を元気にする薬』が完成した。

一刻も早く渡したい。けれど一度試してみるべきなのは分かっている。

初めて作ったものだし、さすがに全く試さずには渡せない。

目の前に最適そうな男がいるが、ルークはダメだ。

薬に注意しなければならないし、王宮薬師のベクターが言っていた『ルークが注意しなければならない素材』がこの薬には入っている。

男性用の薬ではあるが、女性に効果がないわけではない。女性ならば効果が弱まることも分かっている。

ルークが帰った後で、自分が実験台になることを決意した。

ひとまず二人で夕食を共にすべく、一緒にキッチンに立った。

ルークが器用に野菜の皮を剝き、クレアが他の準備をしている間、ルークはずっとクレアのことを褒めたたえていた。

「あんな繊細な作業、初めて見たよ」

「真剣な表情のクレア、かっこよかったなぁ。惚れ直した」

「すごいな。どうやって覚えたんだ？」

クレアは、よくこれほどまでに人を褒められるものだなと感心している。

「薬師の学校に通いましたし、祖母が薬師で。ここは元々祖母の店なんです。祖母は……もう亡くなりましたが」

自分のことを話すのは好きではない。けれどこの流れだと、色々と尋ねられてしまうだろうかと身構えていたけれど。

ルークは静かに「――そっか」とだけ言い、クレアの頭を一度だけポンと叩き、それ以上尋ねてくることはなかった。

その瞬間、ひどく温かなものが胸に満ちてきた。

その感覚がなんなのか分からず、クレアは小さく小首を傾げた後、まぁいいかと料理を再開する。

「私は薬師なので、これくらい当然ですごくもなんともないですが。ルークこそ英雄と呼ばれるからには、修練を重ねてきたのでしょう？」

ひたすら褒めてくるルークに無意識に釣られたのか、珍しく褒め言葉が口に出た。

野菜の皮を剥いていたルークが、クレアを見ながら驚いたように大きく目を見開く。

彼の目が潤み、小刻みに震えているようにも見える。ルークは玉ねぎを切っていたわけではないというのに。

一体なんだ？　と怪訝な表情を浮かべていたら、ルークはクレアをがばりと後ろから抱きしめた。

「ちょ……っ、あぶ、危ないですよ！」

クレアは火を使っている最中である。

「ごめん。クレアが俺に少しでも興味を持ってくれたのが嬉しくて」

「はぁ、そうですか？　……ルーク、離してください。動きにくい」

「……クレアがキスしてくれたら手を解く」

「――は？」

「キスしてくれたら手を解くっ！」

駄々っ子のようになったルークは本当に英雄と呼ばれる人なのだろうか、とスンとした顔になるクレアだが、料理が焦げては困る。さっさと作業に戻りたい。

クレアは仕方がないと小さくため息をつき、その頬にチュッと軽いキスをした。

親子間でするような、ただの軽いキスだ。

たったそれだけにもかかわらず、ルークはクレアがキスした頬を手で押さえつつ、みるみるうちに赤面し、嬉しさからなのか震えている。

「～～～っっ!!　クレア……大好きだっ！」

「はぁ。あ、そこの人参取ってください」

「え、あ、うん……」

なにやら興奮しているらしいルークだが、もう人参を投入する頃合いである。相手をしている場合ではない。

ようやく完成した食事を一緒に食べ、片づけを終えた。

ルークが玄関先で振り返る。

「じゃあまた！」

「はい、ではまた」

ルークが帰ったら薬を試そうと頭の中でずっと考えていたクレアは、ルークに手を振った後、ふと何かが引っかかった。

二人はしばらくその場に固まり、「あ」と顔を見合わせた。

ルークは一人で帰れないということを、今さらながら思い出してしまう。そしてすでに夜も遅く、ルークを送るとそのあとクレアが一人で夜道を歩かなければならない。

いつもはしっかりしているクレアだが、素材を手に入れ、薬が出来上がったことで興奮していたのだろう。この後、薬を試すことで頭がいっぱいだったから、完全にルークの方向音痴を失念していた。

――お泊まり決定だった。

†

昼間のクレアとの行為にすっかり興奮したルークは、自分の帰り道のことをすっかり忘れていた。

あれだけかわいいクレアを昼間見て、夜も一緒にいるとなれば、今まで以上に理性が試される。

昼間の素材提供に協力した後だって、そのままクレアを押し倒したかった。けれど、まだ正式に恋人の称号をもらったばかりである。「容赦しない」とは言ったものの、がっつきすぎて引かれても困る。

だからこそ、隊舎に帰ろうと思っていたのだが、クレアの艶めかしい姿ばかりが頭を占めていて、一人で帰れないことなどまったく思い出しもしなかった。

結局、いつものようにお泊まりをすることになり、申し訳なさと共に、今日は理性を総動員させなければならない、と身の引き締まる思いを抱えている。

——先ほどから天候が急に変わったようで、外はひどい雨が降り始めた。窓に打ち付ける雨粒は激しさを増していく。

嵐になるのかもしれない。

「じゃあクレア、おやすみ」

「おやすみなさい、ルーク」

まるで新婚生活のようなこの挨拶に、ルークは一人笑みを浮かべながら、借りている客間に向かった。

キッチン兼リビングを挟んだ両隣にクレアの部屋と客間がある。

ルークがほぼ自室と化している客間に戻れば、そこにはベッドと小さなテーブルと椅子、小ぶりなクローゼットが置かれていた。

体格の良いルークには、ベッドが小さく足が少しはみ出るため、クレアが「ベッド、入れ替えましょうか？」と一度聞いてくれた。

だが、そんなことをされてはもう完全に一緒に暮らしているということになるし、それすなわち『結婚!? いや、まだ早いしっ!?』なんて一人で身悶え「いやぁ、それはまだちょっと（プロポーズもまだだし）」と照れながら言ったら「そうですか」とあっさり引き下がられ、今に至る。

クレアには……もう少し粘ってほしかった。

そうしたら「クレア、俺と一緒に寝たいの？」なんて言って「そ、そんなわけないじゃないですか!?」と照れるクレアも見られたかもしれない……いや、そんな反応はきっとしないのは分かっている。

「はぁ？（何言ってんだこいつ）」といつものあの口調と、ゴミでも見るような視線で終わりそうだ、と改めて足のはみ出るベッドを見つめ、少し気落ちした。

昼間のクレアの恥ずかしそうに身をよじる姿や漏れる甘い声、ふわふわした身体の感触が何度も鮮明に呼び起こされた一日だったけれど、なんとかそれを一切表に出さず、夜まで乗り切ることが出来た、と思う。

そんな自分を「よくやった！」と褒めてやりたい。

ちょっと手を出しすぎてしまったか？と思わなくはないが、なんといっても自分は下半身を見られ、触られるのだ。

クレアがよく言う、ギブアンドテイクと考えればどうってことないはず……だ。多分。

足のはみ出るベッドにいそいそと入りながら、ルークは無理矢理自分を納得させた。

クレアは自室で、青い薬瓶を明かりに透かしながら、なにやら考え込んでいた。

(どうしようかな……ルーク、いるしなぁ)

初めて作った薬は、使ってみないことには人には渡せない。

効能としては、血行改善・神経過敏……といったところだろうか。

少しの刺激で感じやすくなるはずだし、ピンポイントの血行改善効果で、元気になるはずだ。女性には効果が半減することも分かっている。

そもそも人を襲うような薬ではない。刺激を与えなければ意味のない薬である。

このレシピは、祖母の書き残した秘伝のレシピの一つ。

気になる点があるとすれば、神経過敏を起こす薬草の一つに、クローディア大森林産を使うことだろうか。冷害に弱い薬草は昨年の冷夏の影響で、どこの素材店でも手に入らなかったのだ。

先日の大森林での素材採集で、手に入れることが出来たのは幸運だった。

本来、効力の弱い薬草である。今までのクローディア大森林産の薬草のことを考慮し、クレアは調剤するときに規定量から使用を半減させた。

つまり……自分で試すしかない。人がいるときに薬を試すつもりもなかったが、出来れば一日でも早く渡したい。それに、そもそもルークがいない時がほぼない。

(うん。まぁ大丈夫だよね)

クレアはキッチンで水差しに水を入れ部屋に持ってくる。

同じ小瓶があと四本、作業スペースに置いてある。今クレアが持っている一本を合わせて、全部で五本の薬ができていた。

試すだけなのだから、数滴で良い。

意を決して小瓶の薬の蓋をキュポンと開け、口に含もうとした瞬間。

――ドカーンッ!!

稲光と光に、すぐ近くに雷が落ちたようだ。

お試しの数滴を飲めば良かった。けれど驚いたクレアは思わず、お試しどころではなく、本来の規定の倍になるであろう量を、ごくりと飲み干してしまった。

(あ……しまった)

クレアがとろみのあるその薬を飲んだ瞬間――。

ドクンと心臓が大きな音を出し、カァッと身体が一瞬で熱く火照り出す。

動悸がしながらも、ノートに時間経過ごとの変化が分かるよう丁寧に書き留め、同時に倍量飲んだことによる想定効果を算出。

――が、五分後にはすでに息も荒く瞳は潤み、神経過敏となっている。衣擦れが起こるたびに
「……っ!　ふ……っ」と息を殺していた。

「効果が出るのが早すぎるし、これ、倍量とはいえ強すぎる。女性には半減するはずなのに。もしかして大森林産のあの薬草のせい……？　少し……っ、いや、かなり薄めていいかもしれな、い」

独り言を言いながら、震える手で書き留めていく字は、すでに乱れている。

雨雲はいつの間にか通り過ぎたようで、外は静まり返っていた。

雷はあの一瞬だけだった。なんとタイミングが悪いことか、と天候を恨んだ。

水を飲んだら少しは良くなるだろうかと、震える手で水差しからコップに水を入れようとしたけれど……力が入らず、水差しごと落としてしまった。

「っっ⁉」

ガシャンと音を立て割れてしまった水差しによって、床は水浸しでガラスの破片まみれ。

そんな状態なのに、ほんの少し動くだけで、衣擦れや、空気が触れるのさえも刺激になり、ついにはその場にしゃがみ込み動けなくなった。

(これはもしかして……いや、もしかしなくても、少しやばいかもしれない)

そのときバタバタと音がして、「クレア⁉　大丈夫か」と扉をノックするルークの声がする。

割れた音が聞こえたから来たのだろう。

なぜここで雨が止(や)んでいるのか。

先ほどの雨脚の強さなら、ルークが気づくことはなかっただろうに。

「……だ……っ」

大丈夫。

そう言いたいのに、声が出ない。というより、声を出せば確実におかしな声になる。

「クレア？　どうした？　入ってもいい？」

「……っ」

クレアの声はちゃんとした言葉にならない。

明らかに何か割れた音がしたのに、なんの返答もないことを訝しむのは当然のこと。

ルークが「クレア？　入るよ？」と声がし、扉がそっと開いた。


扉から顔を出したルークが見たものは、テーブルの前でうずくまるクレアと、彼女のそばの、割れた水差しの破片と濡れた床。

「クレアっ!?　どうした!?　具合が悪いのか!?」

即座にクレアのそばに駆け寄り、ひとまず破片から遠ざけようと彼女を抱き起こしたが。

「ひゃ……っ！　ふ、んっぁ！」

自分の腕の中のクレアはビクンッと大きく痙攣し、立つこともできずへナへナとまた座り込もうとするので、急いで抱き上げた。

——なにか、クレアにとてつもないことが起こっている気がする。

艶めかしいクレアの声に、ルークの心臓は一気に高まり、ドキドキしながらぎこちなく彼女の顔を覗き見た。

「………ク、クレア？」

その顔は完全に上気し瞳は潤み、ハァハァと熱く浅い呼吸を吐きながら歯を食いしばり、時折小さく痙攣している。

その手はクレア自身の胸元の服をぎゅっと掴み「っ……くっ！　……んっ」と耐えていて、一気にルークの背筋に電流が走った。

それは明らかに、彼女が性的に興奮している姿で。

（なんで……？　なんでクレアは……あ、昼間のことを思い出してとかっ⁉）

自分の良いように考えようとしていた矢先に、テーブルの上の小瓶に気がついた。それは先ほどクレアが調合したばかりの、自分の『素材』入りの薬。

「……クレア、もしかしてあの薬飲んだのか？」

『男性を元気にする薬』だと言っていた。

なんとなく予想はついているが、つまり勃起不全改善の薬だろう。ルークの胸元に顔を埋めたクレアが、コクリと頷いた。

残念ながら、昼間の自分との行為でクレアがこうなっているわけではなく、薬を試飲したからだというのは想像するに容易い。

そうなれば……。

「クレア……どうしたらいい？　俺、なにか手伝える？」

クレアをベッドに下ろす。彼女はベッドの上で小さく丸くなり顔を見せないようにシーツに顔を押し付けた。

「ル……ック、ぅ……っ、そこ、の、メモ……に、書い、てっ」

「こ、この手帳だな⁉　いいよ、言って⁉」

クレアのこの艶めかしい様子に、なんの薬も飲んでいないがとっくに自身が興奮しているのは今は置いておいて、せっかくクレアが完成させた薬の手伝いをしようと、震える手でペンを持った。

クレアが言う内容を書き留めていこうとするが。

「じゅっぷ、んご……っ、陰核に、熱っ、が集まっ……全身の、っ、神経、過敏……空、気も刺激……っ！」

「う……うんっ！　十分後…………い!?　い陰核に熱が、集まる……全身の神経過敏、空気も刺激……書いたよ」

え、今そんな状態!?　とクレアの状況を生々しく実況され、自分も復唱しながら声は震えるし、もちろん字もミミズみたいに震えているし、目がグルグルしてきた。

甘く淫らな匂いが部屋中に漂い、今必死で理性を総動員している。

どんどんクレアが自分の状況を言葉にしていき、ルークは復唱し書き留める中、最後に言ったのは。

「んっ、陰核が……多分、膨張？　腫れてる……っ？　んん……っ！　ルークぅっ、どう、なってますっっ!?」

（ど、どどどどうなってるって、どこがどうなってるって!?　えっ、俺に聞いてんの!?）

昼間触ったとはいえ、通常の状態のクレア自体を、直に目にしたことはないのだ。

どうと言われても比べられない……。

（……あっ！　後から比べれば良いのか!?）

すでにルークも混乱しているが、クレアはもうほとんど自分が何を言っているか分かっていないのだろう。

ただ、この状況を後から冷静に分析するために記録を残さねばという……その思いだけなのが分かる。

今のクレアの興奮状態を見ておいて、後日通常仕様のソレを観察すれば、比較できる。

これしかないと思い、そっとクレアの体に手を伸ばした。

「さ、触るよ……」

「ひゃん……ぅっ、あっ、や……っ！」

夜着の裾を上げ下腹部に顔を近づければ、一層濃厚に甘く誘う香り。

ぐっしょりと濡れた下着の紐(ひも)を外せば、テラテラと光るクレアの中心。

その先端には見るからにぷっくりと、赤く充血した部分がある。恐る恐るちょんと触ると、明らかに硬く芯を持っていた。

「あぁあ……っっ！　ん、あ……っやぁっ！」

「ご、ごめんっ！　………クレア、これ達したら落ち着く？」

「ひぅ……っ、わ、わかんな、いっ……！」

でもきっと、そうすべきなのだろう。

今すぐにでも貪りつきたいが、それをしてはならないと、興奮からくる荒い呼吸を、必死に鎮めようと息を吐く。

ぷっくりと赤く膨らんだ陰核は、指だと刺激が強すぎるのかもしれない。

ルークはクレアのソコに、そっと舌を這わせた。

「ぁ、っ、んっ、んんーーーーッ！」

何度か舐めただけで、クレアは大きく痙攣し腰を浮かせ、あっという間に達してしまった。

それでも快感に終わりはなさそうだ。シーツを懸命に掴み、頬を紅潮させ、ゆっくりと瞼を開けこちらを見つめた。

その瞳は、まだ足りないとルークを誘っているように見える。

（そんなはずはない、だってクレアだぞ⁉　俺を誘うはずなんか……）

軽く頭を振った。けれどクレアはルークの胸元のシャツにゆっくりと手を伸ばし、ギュッと握り込んだ。

眉間を寄せ、潤んだ大きな瞳で、懇願するようにルークを見つめる。ルークは大きく目を見開き、ごくりと大きく息を呑んだ。

「……クレア、いいの？」

「ルーク……おねがい……」

それが何をお願いされているかなど、言わずとも分かる。

今日正式に恋人の称号をもらったばかりとはいえ、好きな相手からの据え膳を食わない男など――騎士隊にはいない。きっと。

たとえ薬の影響でこんな風になっていたとしても、だ。

彼女の小さな顔に吸い付くように手を伸ばし近づく。青い大きな目は潤み、誘うように輝いている。

赤く小さな唇に、自分の唇を覆いかぶせた。舌を口腔内にねじ込み、クレアの舌と絡める。彼女の口の中は昼間よりもはるかに熱く、体温が上がっていることを物語っていた。

——幸せすぎてめまいを起こしてしまいそうだった。

その身体の熱にルーク自身のぼせてしまいそうなのに、クレアはなんとか応えようとしているのか、おずおずと自分の舌をそれに絡めてくるものだから……ルークのなけなしの理性は一気に振り切れた。

「ん、んむ……っ、ぁ、んんッ」

クレアの後頭部を固定し何度も深く口づけ、互いの唾液による淫らな水音だけが聞こえる。

豊満な胸にゆっくりと手を沈め、その頂点を指で弄る。すぐに尖りを帯び、指で弾くたびに彼女の身体がピクリと揺れた。

反対の手は、赤く腫れている陰核へと伸ばす。強すぎるのはきついだろうと、愛液を塗りたくるようにして円を描きつつ、優しく撫でていく。

クレアの身体が大きく飛び跳ね、嬌声(きょうせい)を口にする。

「あっ、……っ、あぅ、っんン——ッッ!」

「ここ……刺激強すぎる？　じゃあ……こっちの方がいい？」

クレアの蜜口に指を伸ばし、下から上に何度かなぞった後、狭い蜜壺(みつつぼ)にゆっくりと指を挿入した。

その中は口腔内よりもさらに熱く、ドクンドクンと脈打ちうねり、ルークの指を飲み込んでいく。

何度か指を抜き差しした後、今度は蜜壁を広げるようにグチグチと音を出しながら、指を折り曲げながら弄る。時折、親指で花芽に優しく触れた。彼女の腰がびくびくと何度も跳ねる。

（クレア、めちゃくちゃ感じてる……なにその蕩(とろ)けた瞳。やっぱ。こんなに貪りつきたいの初めてかもしれない。……いやいや、落ち着け俺！）

意識しながら息を吐き、懸命に落ち着こうと努力した。

ピンク色の髪がベッドに広がり、ぎゅっとつぶられた目が時折開く。そこから見えるのは、潤んだ水色の瞳。目じりには涙が浮かんでいる。

ルークに助けを求めるようなその瞳に、今にも襲いかかりたいのを懸命に堪えた。

あともう少し、広げておかねば辛いだろうと思い、愛撫を続けた。

唇を重ねながら弄る蜜壁は、何度も痙攣と収縮を繰り返す。薬の効果なのかなんなのか、彼女は「やめて」ということはなかった。

クレアの小さな身体で自分のが受け止められるのか……という点が一番気にはなっていたが、これだけほぐせば問題ないと判断した。

何度も達しすっかり濡れそぼった蜜口に、自身のはちきれんばかりに硬くなったものを蜜口に添えた。

自分が興奮しすぎていて、呼吸が荒いのは分かっている。

クレアに顔を向ければ、赤く紅潮し、ほんの少し涙を目に溜めながらも、こちらを見つめている。

その姿には、期待と、少しの怯えがあるようだが……それすらも自分を煽情する以外の何物にもなっていないことを、クレアは知らないのだろう。

和ませるように、ふっ、とルークは微笑み、クレアに何度も優しく口づけを送る。

「クレア、大好き。本当に好き……愛してる」

「………ん」

その言葉に応えるように、少し震えるクレアは、ルークの首筋にぎゅっと抱きついてきた。

（……っっ！　クレア、かわいすぎる……っ）

それが嬉しくて、愛しくてたまらず、一刻も早く自分のものにしたいという気持ちと、優しくしたいという気持ちがせめぎ合っている。

ギュッと自分の首に抱きつくクレアの首筋に何度も「大丈夫」と口づけを贈り――ルークは、ぐっ……と一気にクレアの最奥まで突き進んだ。

クレアの中はあまりにきつく、熱く。

ルーク自身が、すぐに持っていかれてしまいそうだった。

「――――っっっ!!」

クレアは声にならない悲鳴を上げた。

薬で敏感になっているときに……という罪悪感はもちろんあったが、今さらどうしようもない。

「クレア……痛い、よね？」

「だ……いじょ、ぶ……っ、んぅ」

浅くハッハッと呼吸するクレアだが、ルークは「ごめん、キツイね」と謝罪しながら、唇や頬、瞼に何度もキスを送る。

なんとかこのかわいくてたまらない恋人に気持ちよくなってもらおうと、自分は動かず胸の先端や花芽を優しく撫でていけば、彼女の声が徐々に甘いものに変わっていく。

「る、……く、だいじょ、ぶ……動いて、い、です……あっ」

ルークが動かずに耐えているのが、あまりに必死の形相に見えたのだろうか。

うっすらと目を開けたクレアは苦しそうにしながらも、目を細め、困ったように微笑んだ。

その瞬間、クレアへの愛情が溢れ出してしまう。ゆっくりと、そして次第に速く動き始めた。愛液はとめどなく溢れ、潤滑剤の代わりを果たす。

じゅぷ、じゅぷ、と腰を動かすたびに水音が響く。

小さな身体にあまり似つかわしくない豊満な胸が、ルークがその身体を揺さぶれば、たゆんと揺れた。

その胸をやわやわと揉みしだき先端の尖りを優しく弄ると、ルークを包み込んだ蜜壁がぎゅうっと締まる。

「ひあ……っ、あ、んンっ、んぅ」

(クレアの声、かわいすぎて……くそっ!)

その声も、表情も、視線も、身体も——何もかもがルークに襲いかかってくる。

(昼間に一度出してるってのにっ。なんでこんな……もう俺イきそうなわけ!?)

歯を食いしばり、必死で堪えながらクレアの最奥に優しく打ち付けていた。

けれど——クレアがルークの首に回した手に力を込め、密着してきた。不可抗力で最奥を奥を抉ってしまう。

クレアのルークを掴む手に、さらに力がこもった。

「るぅ……っ、く……っっ！　や、ぁ、ん、ああ――っ！」

「……くっ!!」

クレアがあっという間に達したのと同時に、ただでさえ狭く熱くうねる蜜壁は収縮し、あまりの快感にルークは欲を我慢することができず……奥を抉るように何度か穿った後、彼女の中に白濁を放った。

その直後――。

クレアは一気に脱力し、くったりと意識を失った。

「…………え、クレア!?　ちょっ!?」

✝

朝日が優しく窓の隙間から差し込んでいる。

光が一筋、クレアの顔を照らし出し、眩しいのか彼女は眉をひそめた。

――クレアの目が、ゆっくりと開いた。

「クレア……大丈夫？」

ルークはクレアの部屋のベッドサイドにある椅子に座り、彼女が目覚めるのをずっと待っていた。

昨夜のあの後、ルークはクレアの身体を優しく清め、割れた水差しを片付け、床を拭いた。

クレアを一人残し自分の部屋に戻るのも心配だったけれど、隣に寝るわけにもいかず、一晩隣にちょこんと座ったまま過ごした。

クレアが小さくうめくたびに即座に反応し、彼女の額の汗を拭う。

一挙手一投足、見逃さないよう細心の注意を払っていたのだ。

目を覚ましたクレアは、きょろきょろと周囲を見回した後、しばらくルークの顔を見つめた。自分が不安げな表情になっているであろうことは、容易に想像がつく。

そんなルークを見つめたクレアは——。

「……昨日はずいぶんとお世話になりました。初めてでしたが……普通に気持ちよかったです」

スン、とした表情のまま、一人で納得するように頷き、クレアは淡々と言った。

「…………」

——性行為をした後に、そんな虚無な反応をされたことがなく、ルークは口をポカンと開けたまま唖然（あぜん）としていた。

（いや待て。クレアは気持ちよかったって言ってる。……全然表情と態度がともなってないけど）

クレアはきっと、怒るか、もしかしたら恥じらうかだろうから、どう返答しようかとルークは悩んでいた。

けれど、まったく予想外な彼女の反応に、完全に肩透かしをくらい、「いや、こちらこそ……」という訳の分からない返事をしてしまった。

「クレア、身体大丈夫そう？」

「はい。問題ありません」

そう言ってちらりと時計を見たクレアは、「あ」と小さく声を上げた。

「ごめんなさい。もう迎えが来る時間ですね。朝ご飯……間に合いそうにないですね」

朝にルークが隊舎にいなければ、彼らはいつものようにクレアのところに迎えに来るだろう。

「それは別にいいけど」

「ひとまず着替えます」

「え？　あ……ごめんっ」

急いでクレアの部屋から出て、自身も客室で身支度をしつつ小首を捻る。

頭の中がクエスチョンマークで満たされていた。ルークは一人、呟いた。

「――結局、どういうこと？　気持ちよかったっていう言葉と、あの反応は……どっち？」

お世話になった、気持ちよかった、ということは、昨日のことを覚えていないわけでもないようだ。

そして言葉とはうらはらに、なんの感慨深さもなさそうなあの反応に、ルークは腕を組み、またしても小首をひねる。

「まぁ……クレアだしな」

クレアの反応が薄めなのは、もとより分かっている。

彼女が大きく感情を動かすのは、素材と美味しいご飯だけのようだし。

良いように考えれば、彼女は「気持ちよかった」と言ったのだ。それならば、今後もまたチャンスはあるかもしれない。

ポジティブな考えにシフトしたところで、またふと思考が止まった。

「……よく考えたら、普通に、ってなんだ？　普通に気持ちよかったって——思ってたほどは大して良くなかったってこと？」

——一気に暗い気持ちが襲ってきて、しばらくその場で愕然（がくぜん）としてしまった。

時計を見れば、ダンテたちが迎えに来てくれる時間になっている。きっともう店の前にいることだろう。

いたたまれない気持ちのまま階下に降りれば、クレアが玄関の扉前で待ってた。

「じゃあクレア、行ってくる」

「はい。たまにはご自分の宿舎に泊まってもいいんですよ」

「……そんなこと言わないで」

いい加減自分の家に帰れ、と突き放された気がした。

苦笑しつつも内心はしょげてしまう。

とはいえ、それくらいでめげるようなら今までクレアのこの冷たい態度に、とっくに音を上げているというものだ。

不屈の精神。それが騎士。

相手にされずとも問題ない。本気で嫌がられるほどのレベルならさすがに考え直すが、そこまではないはずだ。

「夜はルストラリエで、なにかテイクアウトしてくる！」

「はいはい。朝、向こうで何か食べてくださいね」

早く行け、とでも言うように手を振るクレアに、大きく手を振り返しながらルークは店を出た。

「あ、副隊長おはようございます」

「おはようございます」

「おはよう。お待たせ」

ダンテとコウラはやはり店先にすでに来ていた。

建物の間から、朝日が優しく辺りを照らしている。

清々しい風が吹き込み、新鮮な朝の空気を届けてくれた。そんな日差しを浴びると、一気に気持ちが上向いてくる。クレアのあまりに淡々とした反応で余韻に浸るどころではなかったが、思い返せばクレアと身体を繋げたのだ。

(――クレア、めちゃくちゃかわいかった……っ！　俺、正式な恋人になったんだし！)

冷静に起こった出来事だけ考えると、自然と笑みが浮かんでくる。

「なんか副隊長、気持ち悪……」

怪訝な表情をしたダンテが言ったが、その言葉はルークの脳内を通過せず、反対の耳からあっという間に出ていった。

それほど気持ちが弾んでいる。スキップでもしてしまいそうな気分だ。

そして十メートル歩いたところ。

「あれ？　副隊長、レッグホルダーは？」

「――あ」

咄嗟にいつもレッグホルダーをつけている太ももを触ったが、そこにはなんの感触もない。クレアの家に忘れたようだ。

「ちょっと取ってくる。少し待っててくれ」

駆け足でクレアの店に戻り、慌てて店の扉を開けた。

「クレア悪いっ！　忘れ物し…………た……？」

扉を開けたままのルークが見たのは――窓から朝日が差し込んだ店の真ん中で、ぺたんとしゃがみ込んでいるクレアだった。

急いで駆け寄れば、クレアはほんの少し頬を染め、バツが悪そうに目を逸らした。

「え、クレア大丈夫？」

「ちょっと、あの――腰が」

クレアを抱き起こし、椅子に座らせた。

そういえば、クレアは昨夜初めてだったのだ。ダメージがないはずがない。

「ごめん。俺昨日無茶させたかも」

もっと身体を労わってあげればよかった。立つのもきつかっただろう。

彼女の淡白な態度に呆気にとられ、気が回らなかったという、男としてあるまじき行為。

けれど、それを自分がいる間は見せようとしなかったクレアに、苦笑が漏れた。

（ほんと全然甘えないよな。俺に心配かけまいとしてるんだろうけど……）

立てないほど身体がきつかっただろうに、そんな様子を微塵も見せなかった。その強がりすらも、ルークにはかわいく思えて仕方がない。

クレアのベビーピンクの髪を撫でながら身体を屈め、座るクレアの頬にキスをした。

ただかわいかったからしただけという理由であり、それ以上するつもりはなかったのだが。

「ん、……ルーク」

クレアからすれば「ルーク、なにやってんの」という意味だったのだろうけれど……その声が昨夜を思い起こさせ、ルークの理性が弾けた。

「クレアかわいい、大好き」と囁きながら、顔じゅうにキスを落としていく。

全部食べてしまいたくて、唇を重ねた。何度も吸い付き、唇の間から舌をねじ込む。

逃げようとするクレアのそれを捕まえて吸い出せば、熱が絡まり合う。

「ちょ、待っ、ふっ、……ル、ルークっ」

キッとこちらを睨むクレアは、長い睫毛が小さく震え、浅い呼吸を繰り返している。怒っているのだろうけれど、もう何もかもが愛しすぎて、抵抗する姿もかわいい。

「ルークっ！　忘れ物を取りに来たのではなかったのですかっ」

「……そうだった」

ようやく目的を思い出した。ダンテたちを待たせていたのだった。

今ここを離れたくないという気持ちは当然のようにあるが、なんとか思いとどまった。

「じゃあクレア。また夜だな」

「――なにがですか」

毛を逆立てる猫のように、クレアは目を吊り上げている。

——完全に怒らせたようだ。

けれど、幸せいっぱいのルークには、そんなものは通用しない。

「だって……昨夜の状態と普通の状態、比べられるのは俺だけだろ？」

ニマニマと緩む顔が抑えられないルークに、クレアはなんのことか分からなかったようだが、ふと思い出したのか「あ」と一言発した。

昨夜確かにクレアは言ったのだ。

『あそこがどうなっているか』と。

通常のクレアのそこがどうなっているのかを知らなければ、昨夜がどうなっていたのかは比べられない。

今夜のことを考えれば、思わずにんまりと笑みが浮かぶ。

上の階にレッグホルスターを取りに行き、怒られる前に早く行こうと、そのまま扉に向かった。

「じゃあまた後で」

クレアに向かい、しまりのない口元で笑いながら手を振った。

彼女は腕を組み、不本意であることを示すように、むすっとしていた。けれど、今夜比べることに否とは言われていないため、仕方なしに許容するつもりなのではないだろうか。

店の扉を出て、ダンテたちの元まで駆け寄ったが、嬉しさのあまり足がステップを刻みそうだ。

「………副隊長、なんかさっきよりさらに気持ち悪くなってる」

「同意する」

ダンテたちの言葉など、世界中の幸せを独り占めした気分のルークの耳には一切届かない。

✝

（……それにしてもすごい体験だった）

ルークがいなくなった店でクレアはほんのりと頬を染め、思わず恥ずかしくなり両手で顔を覆った。

朝起きてから、実は照れそうになるのを我慢していたのだ。

昨日の昼間のこともだけれど、夜の行為は完全に予想外。自分の身体があんな反応をするだなんて思ってもいなかった。

薬のせいかもしれないけれど、ふわふわとした気持ちよさの中に大きな波が何度も来て、頭がスパークするほどの快感。身体が熱くてたまらなくて、夢の中にいるようだった。

――性交渉は、挿入して子種を放つだけかと思っていたのに――全然違った。

完全にすべてを覚えているわけではないけれど、断片的な記憶からあのときのルークを思い出すと、カッと頬が熱くなる。

あの獣みたいな目も不快ではなかったし、むしろぞくぞくしてしまった。

誰かと肌を重ねたいと思ったことはなかったけれど……。

（正式な恋人って、容赦しないって……これからもあれ、するのかな。自分が自分じゃないみたい

だった）

自分が発した恥ずかしい声を思い出し、またしても火照り出した頬をパタパタと手で扇ぐ。

ルークが経験豊富だというのも、クレアが快感を得られた理由なのかもしれない。

今夜は、昨夜と比較をするとルークが言っていた。

（薬が効いてたから？　効いていない状態だとどういう反応になるんだろ……あんな風にはならないのかな？）

恥ずかしさが皆無とはいえないが、それ以上に、薬の使用の有無でどれほどの違いがあるのかは、薬師としても気になるところだ。

ルークも、彼の薬が効いている今の間しか、クレアの相手をしてくれないだろう。好きだのなんだの言われているが、それもきっと薬のせい。

「じゃあ、今のうちに協力してもらうのがいいよね」

恋人期間のうちに、自身の身体のあれやこれやを突き止めようと決心した。

――その日クレアは早めに店を閉め、調合室に籠った。当然のことながら、薬を調合し直す必要があったからだ。

昨夜自分が飲んだ量が規定量より多かったにしろ、効き目が明らかに強すぎた。

クローディア大森林産のこの薬草は、想定をはるかに超えた薬効成分を含んでいたようだ。それを考慮したつもりだったけれど、もっと薄めた方が良い。

「この辺が、クローディア大森林で採ったやつは気をつけなきゃいけないところだよね」

最初から強い薬を渡すよりも、少しでも弱い方が良いというもの。

大幅に薬を薄めたものを、一滴だけ舐めてみた。

問題なさそうだったので、とりあえずはこのかなり弱めたものから、若旦那さんに試してもらおうと決意した。

一息ついたところで、最近読みあさっている書物のうちの一冊を開いた。

薬の異常な反応や副作用について、である。本棚から引っ張り出したり、図書館から借りてきたりと、ルークの症状がいつまで続くのかをクレアなりに調べていた。

今のところ……薬による半年以上の反応持続の症例は見当たらなかった。

つまりルークのこの薬の効果は、どんなに長くても半年程度しか持続しないのではないだろうか。

けれどまだ不明瞭な点も多く、クレアは次の書物を手に取った。

——気づけば、もうすっかり外が暗くなっている。

†

——クレアが調合を終え夕食を作り、スープが出来上がったところ。

二階の裏口をノックする音がした。

クレアが扉を開けると、テイクアウトの商品を抱えたルークが、満面の笑みを浮かべながら立っていた。

喜びのあまり、ぶんぶんと振り回される尻尾が見えるかのようだ。

「クレア、ただいま！　料理、テイクアウトしてきたよ」

「おかえりなさい。またずいぶんとたくさん買ってきましたね」

いつもより品数が多い。ケーキも買ってきたようだ。

おやつを食べるときは、膝に乗せられていることが頻繁にあるが、さすがに食事の時は正面に座っている。

ルークはクレアの顔を見つめながら、ニコニコしっぱなし。

何がそんなに楽しいのか、ルークはたまに「ふふっ」と笑い、どこか遠くを見ながら頬を染めるものだから……若干の気持ち悪さすら感じる。

昨夜のことを思い出して自分が恥ずかしがってしまうかもと懸念していたけれど、今確実にルークへの気持ち悪さの方が勝った。

「……ルーク。今日の仕事はどうでしたか」

「っっ！　クレアが俺の仕事に興味を示してくれるなんて……っ。今日は天が与えた祝祭だろうか！」

瞳を潤ませ祈るポーズをするルークに、もう投げかける言葉すら見つからない。クレアが恥ずかしがる隙も与えない。

冷めた目のクレアに気づいたのか、ルークは咳払い(せきばら)を一度し、何もなかったかのように話し始めた。

「今日は合同訓練があったんだ。最近魔獣の動きが活発化している情報が入ってきているから、近々討伐に行くかもしれなくて。でも今日は手合わせ中にみんなに『気持ち悪い』ってずっと言われてた」

あはは、なんでだろうなと彼は笑った。

(もしかして、仕事中もずっとこのニヤニヤした顔のままだったんじゃ)

一抹の不安がクレアの胸をよぎったが、いやいやそんなバカみたいな真似(まね)を、英雄様がするはずないよね、と首を振った。

——実際のところ、残念ながらクレアの懸念は的中である。

ルークは訓練中、ずっと笑みを浮かべながら戦い続け、時には思い出し笑いをし、堪えきれない笑い声を上げていた。

いつもは部下に手加減し指導の声をかけていたのに、気もそぞろであるためか、今日は一切の手加減なし。

鬼のように強かった。

しかも、午後から王都から少し離れたところに、魔獣の群れが現れたとの報告を受け、精鋭部隊で向かったものの、そこでもルークは魔獣をひたすら斬りながら笑っていた。

『いつもは俺たちの訓練だからって、これくらいの魔獣なら後方支援するのに。副隊長、明らかに変だよな?』

当然のように周りの人間は気持ち悪さも加わり、ドン引きである。

『ルーク。お前どうした……? 大丈夫か?』

不審極まりない姿に隊長がルークに声をかけた。

この質問は「体調が悪いのか」の大丈夫ではなく「頭は大丈夫か」の質問である。

けれどルークは隊長に向き直り、満面の笑みで言った。

『はいっ！　人生最高に幸せですっ』

誰もが薄気味悪さを感じ、隊員たちは顔を見合わせ頷き合う。

これ以上触れないでおこう、という暗黙の了解。

――そうした後の今であるが、クレアは当然知る由もない。


食事と入浴を終えたところで、クレアはソファに押し倒された。

「クレア……いい？」

「は、い。大丈夫です……」

面と向かわれると、どうしても昨日を思い出し、思わず声が上擦った。

『落ち着け……！』と自分に言い聞かせながらも、制御できずに熱くなった頬のまま、ちらりとルークを見る。

視線が合った彼は、大きく目を見開いたままクレアを凝視し……なぜか小刻みに震えていた。

「か、かわいすぎ……」

「……え？」

きつくクレアを抱きしめ、首筋に顔を埋めたルークにしばらくはどうしたものかと思っていたけれど、覚悟を決め、おずおずとその背中に手を回した。

クレアが背に手を回したのは初めてかもしれない。

さすがにされてばかりではだめなのではないか、という判断である。

ルークの胸とクレアの胸がくっつき合っていて、このドクドクという音がどちらのものなのか、分からなかった。

ルークはクレアが手を回した後から、さらにぎゅうぎゅうと苦しくなる寸前まできつく抱きしめた。

腕の力を緩めたルークはへにゃりと嬉しそうに目を細め、クレアに何度も口づけをした。

「じゃあ、見るよ?」

クレアがゆっくりと頷けば、そろりとネグリジェの裾が上げられる。

ショーツの紐を取れば、クレアの秘部があらわになった。

(こ、これは大事な調査の一環なんだから!)

一瞬、恥ずかしさのあまりパニックになりそうになったのを懸命にとどめている。

昨日は薬が効いていたのだ。

現在素の状態のクレアからすれば、そんなところを見られるのは、当然恥ずかしいに決まっている。

必死で羞恥心を隠そうと、自分に暗示をかけようとしていた。

「~~……っ! ど、どうですか?」

「……っ、う、うん……。えっと……」

クレアがルークを見ると、彼は驚くほど真っ赤な顔をして固まっていた。

「な、なにかおかしいですか?」

「っっ！　ちょ、ちょっとだけ待って……。――うん。大丈夫。えっと、大きさは昨日と比べて――」

たどたどしい口調で、ルークは説明していく。

だがそのうち落ち着いてきたのか、指で花芽に触れた。身体が無意識にびくっと跳ねる。

「昨日はもっと腫れてて、硬くて。今は柔らかい」

「……っ。なるほど」

ねっとりとしたものがクレアの花芽に触れる。ルークの舌だった。

「あっ、ん」

自分から出た声にまた驚き、口を手で覆った。

(そっか、昨日の陰核が敏感になっていたのは、触らないと比べられないのか)

昨日は朦朧(もうろう)としすぎていて、快感だけを受け取っていた気がする。けれど今は何をされているのか、はっきりと分かり、恥ずかしさのあまり、つい顔を背けてしまった。

ルークはクレアの花芽を弄りはじめる。執拗(しつよう)に舌先で弾き、吸い出す。

最初は少しくすぐったさすら感じたそこは、どんどん敏感になっていき触られるたびに、びくっびくっと腰が飛び跳ねてしまう。

「ぁ……っ、……っ」

これが快感というものなのだとクレアは実感していた。

意図せずに自分の口から出ようとする声を必死で堪えていたけれど、この感覚は積み重なっていくらしい。蓄積され、もう限界だというところで目の前がスパークし、真っ白になった。

薬などなくとも昨夜と同じように、快感の高みへ。

――ルークはその後、昨夜とのサイズ感の違いや硬さなどを語ってくれ、クレアは淡々とそれをメモ帳に書き留めた。

お互い、顔が赤くなっているのは気にしないふりをしている。

「――――ご協力、ありがとうございました」

咳払いをしたクレアは、感謝の言葉を口にした。

「昨日は薬のせいであやふやな部分がありましたが……あの、やっぱり気持ちよかった、です」

メモ帳をパタンと閉じ、机に置いた。

さすが英雄騎士様。モテ男なだけあるということだろう。

「やはりルークは、女性の扱いがとても上手ですね」

クレアは頬をほころばせながら、全力で褒めたつもりだ。

数々の経験があって、このようなことをいつも女性にしているからこそ、誰でも絶頂に連れていけるのだろう。

それは才能はもちろんのこと、経験を積んだからに違いない。

けれどルークはなぜか、へにょんと尻尾が垂れ下がった犬のように悲しげな表情をした後、唇を尖らせた。

「やはりって……俺別に今までいつもここまでしないし……クレアだけだし……」

「はい？」

ぶつぶつと小さな声で何かを言っているけれど、よく聞こえない。

ルークはしばらくムッとした顔をした後、あ、と目を見開いた。

そしてクレアを見て、キラキラした笑顔で微笑んだ。

「昨日を再現するなら……最後までやった方がいいと思うんだ」

クレアがする営業スマイル並みに、うさんくさい笑顔をルークに浮かべられ、一瞬怯んでしまう。

「そ、うですかね？」

「そうだよ、絶対」

明らかに怪しい笑顔のルークに、クレアは——その後も散々啼かされる羽目になった。

「昨日は多分薬が効いてて弛緩してたみたい。普段はもっとほぐさないと」

蜜壺に長い指を入れ、ぐちぐちと出し入れし、くいっと曲げる。

「あっ、……っっ」

クレアから思わず大きな声が出て、自分の口を手で塞ぐ。

その手をルークはやんわりと外し「声、聞かせて」と耳元で囁いた。

全身がゾクリと粟立ち、下腹部がきゅん、と締まる。

花芽を指で円を描くように弄られる。

薬があろうがなかろうが、そこは神経が集まっていて刺激に弱いのだということを分からせられているようだった。

自然と出てきた涙で視界が歪んでくる。出てくる息が、熱くてたまらない。

ルークを見つめると、視線が合った彼はごくりと喉を鳴らし、クレアに激しく口づけた。

同時に人差し指と中指で、蜜壺をかき混ぜられ、親指はクレアの花芽をぐりぐりと撫で回す。蜜壺の中、手前の方に性感帯があるのか、押されるとお腹(なか)の奥が疼(うず)く。

いつの間にか三本の指がぐちぐちと卑猥な音を立てながら、クレアの中で踊っていた。

「っ、んぅ……っ、あ、ひあ、っ、んぅっ」

声など出したくないのに、耐えることが出来ない。飛び跳ねる腰を制御することも出来ない。

すっかりとほぐされたクレアは、ルークの剛直をすんなりと受け入れた。

薬がなくても、痛くはなかった。

体格差から圧迫感はすごいけれど、それも徐々に快感を得るようになってくる。

ルークが腰を揺らすたびに、クレアから甘い声が出た。

（そこ、気持ちいい……っ）

胸の先端も花芽も弄られ、クレアはまたしても絶頂に達した。

◆六章◆

「いらっしゃいませ」

「クレアちゃん、シルフィの薬を取りに来たよ」

「若旦那さん」

昼下がりの店に入ってきたのは、ふくよかな身体に人当たりの良さそうな顔の男性。

翠林館の若旦那さん、オウルである。

幼少期、祖母に引き取られたものの、店をやっている関係で翠林館に預けられることが多かったクレアを、随分と構ってくれようとしていた。クレアは距離を保ったままだったけれど、お世話になった人ということに違いはない。

男性を元気にする薬は、あれから若旦那さんに使用してもらい、量の調整をおこないながら使用中だ。彼の中心は元気を取り戻し、日夜、妻のシルフィと仲良くしているらしい。

そしてこれを機に、男性を元気にする薬は『スタンドアップ』と名をつけ、こっそりと販売を始めた。その評判は、クレアの知らぬところで男性たちの間であっという間に広まり——現在、売れまくっている。

これほどお悩みの方がたくさんいたとは、思いもしなかった。

あまり売れるものではないだろうと、かなり強気な値段設定をしたが、そんなものは関係なく売れているし、なんなら身分が高そうな人もお忍びで買いに来る。

……自分で。

どうやら人には頼みにくいようだ。

当然のことながら、この評判を広めたのは若旦那さん。

本人は販売促進に協力したつもりは全くないらしいが、感動のあまり、友人たちに打ち明けていたら、巡り巡ってこんなことに。

最近は閉店間際になると、仕事終わりであろう男性たちが、顔を伏せながらクレアの店にやってくる。『スタンドアップ』を購入しているとバレたくないのだろう。

その結果、夕方になると神妙な顔で、はたまた顔を隠し、次々に店に来る男性客。

まるで怪しい薬でも売っているかのようだ。先日はマリーおばさんに「クレアちゃん、あんた……変な薬売ってるんじゃないよね？」と心配されたところである。

実はこの薬の存在、女性客には驚くほど浸透していない。

男性の間で注目の的。

知る人ぞ知る薬『スタンドアップ』。

夕方になると急増する男性客に、クレアは遠い目になっていた。

「ではこちらがシルフィさんの薬になります。この時期、シルフィさんのアレルギー症状も増しますので、いつもの薬に点鼻薬も足してます。昨年も使用してるので使い方は分かると思います」

「うん、ありがとう。じゃあこれもらっていくね」

若旦那さんは手を振りながら、店を後にした。

最近は両親たちとの関係も良好だそうだ。具体的に両親に自分の症状を告げたらしい。

妻に魅力がないから勃たないのではなく、根本的に誰にも勃たないのだと。

この辺を、後継ぎが必要な若旦那さんの両親は勘違いしていたようで、シルフィに魅力がないのであれば別れろという話だったらしい。

(意思の疎通って、ちゃんと言葉を交わしてても難しいものだよね。微妙なニュアンスで勘違いするんだもん)

その上で、クレアの作ってくれた薬のおかげでなんとかなりそうであることを説明した結果、シルフィには勘違いしたことの謝罪があったという。

シルフィからすれば、今さら……という思いもあるかもしれないが、きっと優しげな笑みを浮かべながら、自分を優位に持っていく手段にすらするだろう。

「シルフィさんは優しいけど、敵認定した人には怖いからな。翠林館を乗っ取ろうとしてる親戚連中とか、シルフィさんに任せといたら簡単になんとかなりそうなのに」

誰もいない店内で、クレアは一人呟いた。

翠林館のおかみさんたちは、たおやかに見えるシルフィさんが実は強く賢く、そしてしたたかなことを知らないのかもしれない。

若い女性界隈では、彼女が非常にしっかりしているのは有名な話だ。

親切には親切を。やられたら笑顔で徹底的にやり返す人として――。

……若い時は結構怖いお姉さんだった。

まぁ翠林館が安泰なことに変わりはないか、とクレアは売れた商品の補充を始めた。

✝

今日は水の日、休みの日。

在庫が少なくなった薬を調剤し、瓶詰をする。ようやくすべて補充が終わったと思ったころ、トントンと階段を下りてくる足音がした。

「クレア～、終わった？」

降りてきたのはもちろんルーク。

尋ねておきながら返事は待たずに、クレアを背後から抱きしめ、自分の腕の中にすっぽりとおさめた。

あのクレア服薬事件から、ルークの『クレア甘やかしたい病』が発症しているようだ。

膝抱っこは日常だし、四六時中クレアに引っ付いている。

隙あらばすぐにキスをする。撫で回す。

いつの間にかルークが滞在する部屋には大きなベッドが入れられ、クレアは毎日のように、彼に抱きしめられながら寝ている。

もちろん――、日々身体も重ねることにもなってしまっている。

これが噂のセフレというやつか、と最初思ったが、恋人だから普通のことだった。

日々甘やかされ、かわいがられ、自分の身体が作り変えられていく。

――すっかりどこもかしこも敏感に。

薬を使わずとも、人間の身体はこれほど短期間で変わるものなのかと新発見の毎日。情事の時以外にも思い出し、たまに赤面しそうになるのを懸命に抑えている。

これでは、ルークの薬が切れた時に自分は困ってしまうのではないか？　と思ってしまうほどだけど、それはそれできっと自分は受け入れるだろう。

ルークの薬が切れ、クレアの元にたどり着けなくなった時点で、彼はクレアに興味を持たなくなるのは分かり切っていること。

この関係が期間限定なのは、決定事項だ。

そのことを考えると、最近胸がチクリと痛む気がするのはやはり、この生活が当たり前になってきたからかもしれない。

確かに、彼との日々は居心地が良い。

一緒に食べるご飯は美味（おい）しいし、楽しい。

完全にクレアの生活の中にルークが組み込まれた。

そして……条件反射だろうか。抱きしめられると、今では身体が熱くなる。

今も背後から首筋にキスをされるだけで、きゅんと甘だるく溶けそうになってしまった。ルークにとっては、なんてことないただのスキンシップなのだろうけど、身体が火照って仕方がない。

「～～っ……ルークっ、もう終わったので行きましょうか」

これ以上スイッチが入る前に、とクレアはなんでもないように明るく声を出した。

「うん！　行こう」

店の鍵を閉め、商店街に出た。これからランチに行く予定である。

すでに日が高く昇っていた。

先ほど降った通り雨により、濡れた石畳がキラキラときらめいている。

クレアの少し後ろを、ルークが今日も唇をほころばせたまま歩く。

二人の距離は、相変わらず間に見えない人を二人挟んだ距離。抱きかかえたことにクレアが怒って以来、彼はちゃんと一定の距離を空けたままだ。

この一定の距離間のおかげで、英雄騎士のルークのそばを歩いていても、クレアが目立つことはほとんどないように思う。

自分の嫌がることを理解し、受け入れてくれたルークのこういう面も、クレアには居心地がよく感じられていた。

お昼の食事を終え店の外に出たところで、フードを被った一人の男性がこちらを見た。

「あ」

声を出した彼のフードから少し見えたその髪は、黒。

黒は、王族特有の髪色だ。

(なんでこんなところに)

ルークとクレアを順番に見て、にっこりと笑った彼は——王太子シュナイゼルだった。

「おいゼル——お前こんなところで何して……またお忍びか？」

「まあね」

ルークが顔をしかめている。

きっとシュナイゼルが王太子であり、何かあっては困るからだろう。

朝降った雨のことなど忘れたように降り注ぐ強い日差しにシュナイゼルは額に手をかざし、目を細めた。空が、青く晴れ渡っている。

彼はクレアに向き直り、王子スマイルを浮かべた。

「クレア、久しぶりだね」

「はい。その節はごちそうさまでした」

お辞儀をし、無表情のまま答えた。彼は顧客ではないから、営業スマイルの対象ではない。

そんなクレアに、シュナイゼルは笑い始めた。

「ははははっ！　きみは相変わらずだな」

……なにが相変わらずなのだろうか、とクレアが思ったのは言うまでもない。

自然とシュナイゼルは二人に合流し、裏通りにある素材を扱う店にもついてきた。

「あの、今日はなにかご用があって出てきたのでは？」

（どこまでついてくるの、この人。暇なの？）

いやいや、まさか王子が暇なんてことはないだろうとは思いつつもクレアが質問すると、シュナイゼルはにやりと笑みを浮かべた。

「いや、昔から目的もなくお忍びしてる」

「そうなんだよ。付き合わされる俺は大変で」

「……いや待て。大変なのは、すぐ迷子になるお前の面倒を見ていた私だろ」

そんな二人の会話を聞きながらも『……暇なんだな』と結論付けた。

（よし、気にしないでおこう。この人は知らない人）

クレアの店で使う薬品の素材は薬草ばかりではない。シュピールの滝で魚から見つけた輝星石のように、生き物から取れるものだったり、石であったり、貝殻であったりする。

定期的に届けてくれるものはあるけれど、珍しいものになるとお店に来ないと分からなかったり。

ルークと出会ったクローディア大森林産の薬草をクレアが使用していることは、実は公表していない。シュナイゼルに呼び出されたあのときは、当然言うしかなかった。そうでなければルークを助けた時の詳細を伝えることが出来なかったのだから。

ただ、クレアが簡単に行き来するあの森は、『死の森』と呼ばれる恐ろしい森。

安易に足を踏み入れる人を増やさないために、クレアは秘密にしてきた。

薬師にとって、薬草の採集場所は人に秘密にするのは当然のことだから、他の人も詳しくは聞いてはこない。シュナイゼルや王宮薬師のベクターも、公表しないことを約束してくれていた。

『あんなところに入る者が増えて捜索願なんて出されようものなら、探す方も遭難するからな。当然表立って言うことはない。安心しろ』

ルークとシュナイゼルが店の端っこでこそこそと話しながら、突き合い、笑っているのが見える。

クレアと接していない時のルークの顔は、いつもより凛々しく見えた。

視線を感じたのか、ルークがクレアに顔を向けた。

――途端に彼の顔はへにゃりと崩れ、小さく手を振ってくる。

あまりの変わりように、思わず噴き出しそうになるのを懸命に堪えながら、素材を一つずつ吟味していく。

「おじさん。これ、いつもより状態悪いですよね？　でも定価のままですか？」

「……相変わらずクレアちゃん、すぐ気づくな。ほとんど変わらないのに。はぁ、分かったよ。二割引きでどうだっ」

「はい、それで三束お願いします」

素材屋の店主に袋詰めしてもらっていると、どこからか甲高い笛のような音が聞こえてくる。

「っ！　悪いクレア、行ってくる！」

どうやら何かあって、騎士隊の招集がかかったようだ。

「はい！」

「ゼル！　護衛は!?」

「問題ない！」

シュナイゼルの安全を確認したルークは走り出し、あっという間に見えなくなった。

地域の治安維持に関しては警ら隊の職務だが、非常時に近くにいる者は騎士隊であろうとも、誰でも駆けつけるようになっているというのは周知の事実。

「大丈夫、どうせ小競り合いだ。すぐ戻るさ」

落ち着いた様子で淡々と話すシュナイゼルに、クレアは頷いた。

どうやらクレアが心配すると思い、安心させようとしてくれているようだ。

ルークの強さは聞いているし、さほど心配もしていなかったが、この気遣いはさすが王子といったところなのだろうか。

素材を購入し店を出ると、シュナイゼルも同じように店を出てきたものだから、クレアは怪訝な表情を浮かべた。

「あの……ルークもいないですし、私についてきても何もありませんよ？」

彼はクレアをしばらくじっと見た後、にやりと笑った。なにか悪いことを考えていそうな顔に、思わず一歩後ずさりした。

王族などに関わって、良いことなど何もないはず。

「あ、じゃあ私はここで失礼させて……」

咄嗟に逃げようとしたけれど、シュナイゼルに手首を掴まれた。痛くないのに解けない、絶妙な力加減。

王宮を連れ回された、あの日の記憶が蘇ってくる。

「クレア。秘密のお店に……行ってみたくはないか？」

「いえ、行ってみたくはありません」

即座にきっぱりと返答してみた。

金色の瞳が怪しい光を帯び、美麗な顔は完ぺきな笑みを浮かべ、色っぽく誘ってきたけれど。

悪魔の甘言のような話にホイホイとついていくクレアではないし、秘密にも興味はない。そんなのについていくのは、子どもくらいのものだろう。

秘密だなんて興味をそそる言葉を使っておいて、危ない薬とかアダルトなお店とかに連れていかれることがあるのよと、常連客のレナが怖い顔で言っていた。

王族の上にルークの友人だというのに、なんたる不届き。

そんなところに行くわけがない。さっさと手を放してください、とひと睨(にら)みしたところ。

「――一般には公開されてない、隠れ家の王宮御用達(ごようたし)スイーツ店なのだが」

「行きましょう。どっち方面ですか」

無表情のままのクレアは、掴まれてない方の手で、右か左か？　と指差す。

先ほどランチを食べたばかりだったから、そろそろデザートを食べても良いころだ。しかも、普通では食べることが出来ない王宮御用達スイーツ。

そんなの、行くしかないだろう。

早く案内してください、とシュナイゼルを見ると、彼はポカンと呆(ほう)けている。

王子たる者がして良い顔ではない気がする。

「……ふふっ、ははは、あはははははっっっ！」

腹を抱えて大笑いし始めた彼は、徐々に笑いすぎて息苦しくなっているようだ。

(王族って大笑いするんだ。……そういえばこの人は前の時もげらげら笑ってたな)

一向に笑いが収まる気配がない。

道行く人がじろじろと見始めた。目立ちたくないからやめてほしい。

「大丈夫ですか。少し落ち着いてください」

「あはははっ！　駄目だっ！　喋らないでくれ！」

心配したのに喋るなと言われ、遠い目になっていく。いや、その心配もただ自分が目立ちたくないだけという打算によるものだが。

ヒキ笑いのようになっていくシュナイゼルに、早くデザートが食べたい……と黄昏れたクレアだった。

†

ルークが笛の音を頼りに駆け寄れば、そこでは五人の男たちが乱闘を起こしていた。

笛を鳴らした警ら隊がいるだけで、隊員は他にはいない。ルークは一番乗りだったようだ。

警ら隊の男はかなり小柄な人物であり、一人では対応できないと判断し、応援を呼んだのは適切だろう。

「まあまあ、少し落ち着け。周りの店に被害が出ているぞ」

少し強引に仲裁に入れば、ルークの存在に気づいた五人の男たちが気まずそうに大人しくなった。

こういう時に名も顔も知られているというのは、抑止力になる。

しばらく話を聞いたりしているうちに、他の警ら隊が数人駆けつけ、あとは任せてクレアの元に戻ろうとした。

「副隊長、お送りしましょうか？」

警ら隊の一人が、ルークに声をかけた。

ルークの方向音痴は、世間一般でも実はかなり知られている。……クレアは知らなかったが。

けれどそのレベルは、彼らの思い描く通常の方向音痴だ。

ちょっと道に迷いやすいとか、地図が読めないとか。

まさか本当にどこにもたどり着けないタイプだとは思ってもいないだろう。

しかしながら騎士隊はもちろん全員真実を知っているし、街の警備をする警ら隊にも知れ渡っている。一人でいるルークを見つけたら、救出しなければならないという使命を負っているからに他ならない。

「いや、問題ない。彼女のところに行くから」

「あっ、噂には聞いていましたが……本当に彼女のところなら一人で行けるのですね!?」

隊員の一人が驚いた声を出した。

「まあな。愛の力だな」

ふっと決め顔を作ると、聞いていた隊員たちが噴き出し、笑い始めた。

ルークの端整な容姿とさっぱりした性格、英雄と呼ばれるほどの強さから、当然のように隊員たちからは憧れの存在である。

そして唯一の欠点の方向音痴。

その欠点がチャームポイントにもなり、男からも女からも大人気なのだ。

ルークは隊員たちに挨拶をし、その場を離れた。

先ほどクレアと別れてから、すでに一時間近く経過している。きっと家に帰っているだろうと……自然と足が向く方向に歩みを進める。

ルークが行きつく先は、必ずクレアがいるところだ。何も考えずに、ただ歩きさえすれば良い。

だが、歩みを進めて着いた先が――クレアの家ではない。

さすがにクレアの家の近所には何があるか、くらいは、少しは分かる。

この角を曲がったら肉屋があるはず。だが、曲がっても肉屋はなかった。

つまり――クレアの家の近所ではない。

(あれ？　クレア、帰ってないのかな？　でもあのあとはもう用事もなさそうだったのに……あ！ゼルか!?)

シュナイゼルを残してきてしまったのを思い出した。きっとクレアを連れていったのだろう。

「……くそっ！」

シュナイゼルが、クレアに対して随分と気さくなのには気づいていた。

親友のルークが助け出されたからかと思っていたけれど……。

そういえば、ルークが女性と一緒にいるときに、シュナイゼルは一度たりともルークに近寄ってきたことがなかった。デート中にお忍び中のシュナイゼルに会っても、彼は軽く手を振り、スッと去っていく。王太子だと知られたくないからだというのは分かっていたけれど。

今日はなんのためらいもなく、クレアと一緒にいるルークのところに来て、クレアにも笑顔で挨拶をしていた。

(クレアはもう自分の正体知られてるから良いってことか？　……いや違う。知り合いでもゼルはいつもは近寄らない。もしかして……クレアのことが気になってる⁉)

ルークだって稼いでいる方ではあるが、さすがに王太子の財力と権力には敵わない。

顔に関しては、ルークもシュナイゼルも系統が違うためなんとも言えないが、シュナイゼルの顔が美しいのは客観的に見て誰でも分かる。

最近、クレアがルークに心を許してきているように思う。

ベッドで二人で寝るのは当たり前だが、リビングでは決して気を緩めることがなかったクレアが、この前、ルークの方に頭を乗せ、うたた寝をしたのだ。

少しでも動こうものなら確実に距離を取ることが予想されたため、ルークは完全に動きを停止し、肩に寄りかかる適度な重さと温かさ、そしてあり得ないほどの幸福感を味わった。

肩にかかる重さすらかわいい。

すぐにでも抱きつき、全身撫で回したくなったが、この幸福を続けたくて、クレアの安眠を妨害しないよう息を殺した。

そして、どんどん敏感に反応してしまう自身の身体にもクレアは混乱しているようだった。

耳から首筋にかけて、クレアは非常に弱い。でもきっと本人は気づいていない。ルークがクレアの首にいつも顔を埋めている理由にも気づいていないのだろう。

もう、たまらなくかわいくて仕方がない。クレアが動くたびに胸がキュンキュンなるし、動いてなくても寝てても胸が高鳴る。

とりあえず、息してくれてルークの前にいるだけでもう最高に幸せだ。

たまに『自分、頭おかしくないか？』と思うが、これぱかりはどうしようもない。かわいいクレアが悪い。

——確実に二人の距離が縮まってきていた。

警戒しまくりのクレアが、その警戒を少しずつ解いていく様子に、毎回一人で身悶え、しまりのない顔をしていた。

そんな大事な時期だというのに……邪魔をされてはたまらない。

そして一番不快なのは、自分以外の男がクレアと二人っきりになっていること。

シュナイゼルは硬派であり、もちろんよくモテるが、今まで浮ついた噂がほとんどない。

表面的な関係が彼の人付き合いのスタイルなため、誰かに肩入れすることもあまりないのだ。それは王子という立場上、仕方のないことだと理解もしていた。

「なんでよりによって——クレアに興味持ってんだよ。……くそっ」

クレアは当然大事だが、シュナイゼルも大切な親友だ。

なんとも言えない気持ちになりながら足を進め――ここはどこだ？　と扉の前で立ち尽くした。

集合住宅の一角の、重厚な扉。

なんとなく来たことがあるような気がするが、看板も何もない。けれどこの中にクレアがいるのは確定である。

ためらいつつもノックをすると、すぐに扉が開き、執事姿の細身の男性がいた。

「……あれ？　リチャード？」

「ルーク、よくたどり着けましたね。本当にまだ薬の効果が切れていないのですね」

執事姿のリチャードは、シュナイゼルの影の護衛だ。普段は存在感などなく、ただの執事として近くに控えている。何をしても無表情のまま一切変化がないため、面白くてシュナイゼルと二人でよくからかったものだ。

ルークの方が年下だが、呼び名以外は彼は常に敬語だ。

「リチャード。クレアはゼルと……一緒にいるんだな？」

「はい。殿下と一緒にいらっしゃいますが……クレア様はもう――」

珍しく目を伏せ沈痛な面持ちをしたリチャードに、ルークは彼女に何かあったのかと一気に形相を変え、彼を押しのけ中に入った。

「クレア！」

もしかしたら、クレアがシュナイゼルの魅力に即落ちしてしまったのかもしれない。

確かにシュナイゼルは良いやつだ。しかも王太子なだけあり、優雅で博識。自分のような脳筋よりも、クレアには魅力的かもしれない。

とはいえ、乗り込んだ先でクレアが――シュナイゼルとイチャイチャしていたらどうしよう。

過去に付き合っている相手が他の男を連れ込んでいる場面に出くわしたこともあったが、じゃあ別れようで終わっていた。

けれどクレアのそんな場面を見たら……シュナイゼルにすら、剣を向けてしまうかもしれない自分が恐ろしい。

目の前の階段を上り、ただ導かれる方向へ進む。

二階に上がり、一番奥の部屋に行こうとしたときに、少し開いた扉からクレアの声が聞こえてきた。

「……漆黒に光る輝き。いくつもの異なる魅力……見ているだけで蕩けてしまいそうです」

「クレアは大げさだね」

「ああ殿下。私は殿下にお会いできたことを心から嬉しく、光栄に思います」

「クレア」

――いつものように、淡々としたクレアの声ではない。

恍惚を声に宿し、心底思っているであろうその言葉。

ルークは言葉を失った。

(――――え？　…………え？)

シュナイゼルの髪色は黒だ。クレアが他人の容姿を褒めるなんて、聞いたこともない。

中からカチャン、と金属音が聞こえた。

「……っ、んん～……っ」

愛しい恋人の、自分しか聞いたことがないような、甘い声。

この先は――寝室かもしれない。

ルークの目に、じわりと涙が滲んできた。けれど――シュナイゼルが親友で魅力的だとはいえ、クレアを渡すわけにはいかない。ルークはぎゅっと目を閉じた後、扉を勢いよく開けた。

「クレアっ！」

高級感溢れるその部屋には、センスの良い調度品と共に、テーブルが置かれていた。

そしてケーキを食べながら蕩ける表情のクレアと、その正面で紅茶を飲んでいるであろうシュナイゼルが、いる。

「ルーク、思ったより遅かったな？」

「………ゼル」

「あれ？　お前、なんか泣いてない？」

「ルーク！　早く来てください。このチョコレートケーキは、神が作りし傑作です！」

瞳をきらきらと輝かせたクレアが、ルークに向かい、ケーキを載せたフォークを差し出す。

ふらふらと吸い寄せられるように、そのフォークをぱくりと口に入れた。

「どうです!?　この層になった異なる味わい！　素晴らしいで……ちょ、ルーク！」

クレアが喋っているというのに。そのまま彼女をぎゅっときつく抱きしめてしまった。

（そうだった。クレアは不誠実なことは絶対しない……分かってたのに）

「――ルーク。離して」

一気に冷たい声になったクレアの言葉に、ハッと正気を取り戻し、慌ててその手を放した。

二人きりでは、なかった。人前でこういう行為をされることが、相変わらずクレアは嫌いだ。

ぷい、とそっぽを向いたクレアに、ルークはひたすら謝罪を繰り返す。クレアの耳がほんのりと赤くなっていたのだが……ルークはそれに気づくことはなかった。

「もういいですよ、紅茶が冷めるので。ルークも座ったらどうですか」

ケーキ効果なのか、いつもよりかなり早くお怒りは解けたようだ。

クレアの隣の席に座り、しゅんと肩を落としたルークだったが思い出したように、じろりとシュナイゼルに目をやる。

シュナイゼルは――顔を手で覆い、横を向いたまま小刻みに震えていた。

「………おい、なんで笑ってる」

「ちょ、やめろ！　喋るなっ！」

アハハハハっ！　と爆笑する王太子は、先ほどの必死だったルークの様子が楽しくて仕方ないらしい。

頻度は非常に低いが、彼は一度笑い始めたら止まらない笑い上戸である。

もうすでに腹を抱えて、ヒィヒィと笑っている。この幼馴染（おさななじみ）が笑うポイントが、いつもよく分からない。

どうやらクレアを取られる心配はなさそうだと安堵した。

リチャードがしれっとした顔で、ルークの分の紅茶を用意してくれた。

「リチャード……騙したな？」

「いえ、そのようなことは全く。俺は、早くしないとクレア様はもう——ケーキを全部平らげてしまうかもしれませんという意味で言っただけですので」

「………クレア、ケーキ何個食べたの？」

「六個です」

「ろっ、六個⁉」

「はいっ！　どれもこれも今まで食べたことがないほど素晴らしく……！」

うっとりと語り始めたクレアは、よっぽどケーキが美味しかったらしい。

よく見ればここは、王宮御用達のケーキ専門店『スピカ』だ。

棚の上に店舗名が書かれた小さなカードが飾られてあった。

この店は全室個室となっており、会員制となっている。そして新規の会員を取ることは滅多にない。

(クレアがゼルに会えたことを光栄って言ったのは……こういうことかぁ。確かにゼルがいないと入れないよな)

ルークがほっとしていると、笑いが落ち着いたシュナイゼルが浮かんだ涙を拭った。

「それでルークは、私がクレアをかどわかしたと思って……な、泣いたんだな？　……ふはっ」

「……ゼルが勝手にクレアを連れていくからだろ？」

「ルーク、泣いたのですか？」

キョトンと首を傾げ、じっとこちらを見るクレアがかわいすぎる。

嫉妬して、悲しさのあまり泣いただなんて、かっこ悪すぎる。ここは誤魔化すしか道はない。

「泣いてないよ？」

……声が裏返った。

「よく言う！　目が潤みまくってたじゃないか！　そんなにクレアに振られるのが怖いか」

楽しそうに暴露していくシュナイゼルに、一瞬殺意が湧いた。

そのとき――机の下で握り込んでいた拳に、温かいものがそっと触れた。

クレアの手だ。

「さすがに美味しいお菓子と素材以外では、ルークにしかついていきませんよ。あと、知らない人にもついていきませんから」

さも当然とばかりに、淡々と言ったその言葉に、ルークは「ん？」としばらく考えた。

すぐに手は放され、嬉々としてチョコレートケーキを平らげたクレアは、また新しいケーキを注文した。七個目だ。

（ん？　あれ？　つまり……俺となら美味しいものと素材以外でも、ついてきてくれるってこと!?

え、やばい。嬉しすぎてちょっと泣きそう）

生クリームとイチゴが載った七個目のケーキに目を輝かせているクレアは、先ほどの言葉で、どれほどルークを喜ばせているかなんて、気づいてもいないのだろう。

シュナイゼルがそんなルークを見て目を細めていたのだが……ルークは知らない。

†

時を少し遡り、クレアがシュナイゼルとケーキ専門店『スピカ』に入ったとき。

期待に胸を膨らませてケーキを待っていたクレアに、シュナイゼルは話を始めた。

「クレアはルークがどうして英雄なのか知ってる？」

「先の戦争『アクレアの戦い』で活躍したのですよね？」

誰でも知っていることだろう。

シュナイゼルは優雅に紅茶を一口飲み、クレアに言った。

「そうなんだけどね。ルークが……世が世なら勇者って呼ばれてた人物なのは、随分前に分かっていたことなんだ」

「……勇者？　おとぎ話の？」

シュナイゼルは、ルークの幼少期の話を語ってくれた。

伝説の勇者の宝剣を目覚めさせたことや、先の戦争では一撃で大打撃を与えたこと、彼がどれほど素晴らしいのか、ということを。

「なるほど。つまり、そんなすごい人のそばに私がいるのがおかしいということですよね？　大丈夫です。私もそう思ってますし、薬の効果が切れたらルークは私のそばからいなくなりますから。安心してください」

　そう言い、届いたばかりのケーキをぱくりと口に入れ、その美味しさに目を輝かせた。きっと今頃、自分の目にはきらきらと星が舞っているだろう。

　なんとなく視線を感じシュナイゼルを見れば、彼はずいぶんと悲しそうな顔をしている。

「クレア、それは違う。おかしいだなんて少しも思ってはいない。なんでも要領よくこなすルークだけど……そんなルークが惚(ほ)れたのは、多分クレアが初めてなんだ」

　ちょっと言われた意味が分からず、小首を傾げる。

「もちろん今までも恋人はいたけどね。今思えば、あれは人当たりの良さの延長のようなものだったんだよ。ルークはさ。クレアが本当に好きなんだ。薬が切れてもきっと」

「……はぁ」

　なんと返事をすればよいのか分からなかった。

　だって——生まれて初めて迷わずたどり着ける場所がクレアのところなのだから……嬉しさのあまり好きだと思い込んでいるだけだとしか思えないから。

　薬の効果が切れたときに、その好意も同時に消えてしまうと想定するのは——当然のことだ。

　それに……。

（大事な人を作るなんてこと、考えられない。……考えたくない）

　クレアは無言のまま、ケーキを口に運んだ。

二人が家に帰り着いたころには、すでに夕闇が迫っていた。

シュナイゼルが言っていた『薬が切れてもきっとクレアのことが』という言葉には、戸惑いしかなかったけれど、ルークが泣きそうな顔をしてスピカに入ってきたときは、なんだかとても温かいような微笑ましい気持ちが溢れた。早く安心させてあげないといけないと思い、机の下で彼の拳に手を重ねた。

ルークは心配性のようだけれど、クレアが知らない人に誰でもほいほいついていくと思われるのは心外である。スイーツや素材だって、全然知らない人から受け取るほど、警戒心のない人間ではない。むしろ、かなり警戒心が強い人間だという自覚がある。

シュナイゼルはルークの親友だから、大丈夫だろうと思っただけだ。

（……あれ？　何でルークの親友なら大丈夫だと思ったんだろう？）

ふと思考が停止したけれど、まあ品行方正と名高い王子がおかしな真似をするはずはないからね、と結論付けた。

台所でお茶を淹れていると、ルークが背後から抱きしめてきた。身体を屈め、クレアの首に顔を埋めている。

――毎回思うがくすぐったい。

「クレア、ケーキ美味しかった？」

ルークはクレアを抱きしめながら、ぐりぐりと頭を首筋に擦り付けてくる。くすぐったくてたまらない。

少し、変な気持ちになってくるからやめてほしい。

「……っ、美味しかったです、けど」

「ん？　なに？」

確実に笑っているであろうルークの頭を無理矢理引っぺがし、振り向きざまに睨んだ。

「ルーク、駄目ですよ。今お茶淹れてるんですから」

クレアがムスッとしているというのにもかかわらず——目を合わせた彼は感情が高ぶっていくかのように目を大きく開き、辛抱たまらんとばかりにまたしても首筋に顔を埋め、今度は舌でなぞった。

「ふ……あっ、そこ、な、舐めない、でっ」

どうやら睨んだのは、ルークの琴線に触れたようだ。

くすぐったい中に、背筋がぞくぞくするような快感が混じっている。

「ちょ、……、っ、やめっ！　……ぁ」

台所の縁をギュッと握りしめていたら、ルークが胸に手を回してきた。

包み込むように、やわやわとその手がクレアの胸に沈み込んでくる。ブラウスの上から、胸の先端を爪で引っかき始めた。

「ルーク、お茶……っ」

「うん。クレアは気にしないでお茶淹れてて？　出来たら飲もう」

お湯を沸かし始めたばかりだ。お茶が飲めるまで、まだ十五分以上はかかるだろう。

ルークはクレアの胸の先端を、休みなくカリカリと指先で弄っていた。

「お茶が出来たら止めるから。大丈夫。ここしか触らない」

「……っ、何言って……～～ぅ、ん」

快感から逃れようと力を入れすぎているせいで、キッチンの縁を掴む指先が白くなっている。

服の上からで滑りが良いせいか、いつもと違う快感が続いていた。

お湯を沸かしている最中であり、断固として拒否したいのに。

（やだ、なにこれ……気持ちいい）

大きな刺激ではなく、小さな刺激が延々と続く。お腹の奥に熱が溜まっていくのが分かる。

火にかけたケトルが、熱せられていく音が聞こえていた。

「ふ、……っ！　ん、……ぁ、はっ」

小さな快感がずっと続いて、頭がぼーっとしてくる。

声を抑えようと、手の甲で口を押えたけれど、ほとんど意味をなしてはいない。

下腹部がキュンキュンしてくる。でも刺激が弱すぎて、持て余してしまってもどかしい。

ルークは絶え間なく、クレアの胸の尖りをひたすら爪で弾くだけ。

「う、あっ、……ん、ぅ、～～っ、んぅ」

「――気持ちいいね、クレア。……足りない？」

「～～……ひあぁあんっっ!!」

ギュッと強く摘ままれた先端と、耳元で囁いたルークの低音の声が脳内を犯すように響いた。びくびくん、びくんと大きく揺れる身体が止まらない。

――胸だけで達してしまった。

身体が火照る。クレアは息も荒く、立っているだけで精いっぱいだった。

それでもルークは胸を弄るのをやめない。

「あ、も、もう……、イッたので……っ」

もうやめてくれ、とそう言ったつもりなのに。

「うん。知ってる。でもお茶、まだ淹れてないし」

後ろからクレアの耳をぱくりと食んだ。それだけでぞくぞくしているところをさらに、耳に舌まで挿入してくる。

くちゅ、くちゅ、と淫らな水音が強引に頭の中に響く。

「胸っ、しか触らない、って……っ」

「舐めないとは言ってない。……だって、クレアだけ美味しいもの食べてさ。しかもゼルと二人でなんて。俺がどれだけ心配したと思ってるの？　今度は俺が――美味しいもの食べる番だろ？」

カプリと首筋に甘く噛みつかれた。ルークの食べたい美味しいものとは、クレアのことらしい。

「あぁあ……っ！　も、やぁ……っ」

「お湯が沸くまでだから。あ、沸騰してからもしばらく火にかけておかないといけないんだったね。じゃあ……あと十分くらいかな？」

「～～……っ!?」

愕然（がくぜん）としたクレアの想像通り、それから十分間、執拗（しつよう）に胸の先端を弄られ続けた。

ルークがクレアの足の間に太ももを通したことで、崩れ落ちることも出来ない。下腹部をぐりぐりと押し上げられ、自然と腰が動いてしまう。

「――そろそろ、お湯沸いたかな？　どうする？　お茶……飲む？」

ルークが手を伸ばし、火を止めた。

台所に手をついたままのクレアが、ルークを振り返った。

その瞳はルークに非難を浴びせるようにキッと睨みつけている。けれど空色の大きな目は潤んでいるし、すでに頬は赤く染まっていた。

しばらくしてから観念したかのように、クレアはルークから少し目を逸（そ）らし、小さく首を横に振った。

「……いじわる、ですね」

「クレア……ちょ、かわいすぎ……お茶、もういらないの？」

ルークが蕩けたように微笑みながら、振り向くクレアの顔じゅうにキスをしてくる。

毎日のことですっかり開発された身体が今、ルークを求めているのは分かり切っていることだろうに。不本意ではあるが、もうお茶どころではない。

「お茶、も、いいから……」

「もういいんだ？　じゃあ……こっち？」

クレアのスカートの裾を正面からたくし上げ、そっと足の付け根に触れてきた。下着の上からでも濡れているのが分かる。

「……ぐっしょりだね？」

わざとらしくにっこりと笑ったルークは、クレアの下着をはぎ取り、彼女を抱きかかえるようにしてその場で剛直を突き刺した。

「く……んんン～ッ……！　ルー、クッ、これ……あっ、ん、ふか、すぎ……っ」

ルークの剛直に抉られ、串刺し状態だ。そんなに奥まで入らない。それなのに、子宮がキュンと疼く。

不安定な体勢に、クレアは懸命にルークの首にしがみついた。深く繋がったところが熱くてたまらず、嬌声を上げた。

「あ、んっ～～～んンッ！　そこ、や、い……、イッ、くぅ……っ」

散々啼かされた後は、寝室に移動してまたもう一回。

「クレア……大好き……っ」

汗ばむルークは、クレアと視線が合うといつも目を嬉しそうに細め、キスをしてくる。

クレアもその柔らかな金色の髪に指を差し入れ、舌を絡める。

ルークの髪は――好きだと思う。

ルークはシュナイゼルに、嫉妬していた。

同時に、あんな蕩けた表情でケーキを食べて、それをシュナイゼルに見せたクレアにも、なんともたまらない思いがあった。

――自分だけ、見てほしい。

そんな顔を見せるのは、自分だけであってほしい。

幾度も身体を重ね、共に過ごし、クレアの身体のことならきっと本人よりもルークの方が詳しいと思う。ルークと一緒にいること自体は、今のクレアはきっと不快ではないのだろう。一緒に寝ることも、身体を重ねることも、何気ない日常の一つになっている気がする。

けれど――。

(きっとクレアはまだ俺のこと、好きじゃない。俺がいなくなったら、それはそれできっと『ああそうか』って受け入れるだけなんだ)

――それがたまらなく切ない。

そばにいられるだけで良いと思っていた気持ちは、一つ、また一つと望みが叶うたびに、「もっと、もっと」と、願うことが増えていく。

際限のない欲望に、自分で呆れてしまう。それでも止められない。

自分の存在が、クレアにとって忘れがたいものになればいい。クレアの奥底に入り込んで、もう手放せなくなるような、そんな存在になりたい。

「愛してる、クレア」

ルークに身体を貫かれ、頭をのけぞらせているクレアの首筋に甘噛みしながら、言った。

このかわいらしい唇が、いつかルークに『好きだ』と言葉を紡げばいいのに。

ずっとそばにいてくれと、クレアがそう言ってくれたらいいのに。

増え続けていく願望と欲望に、現状を思うとたまらなく切なくなる。

――ぐぐっと最奥を抉り、嬌声を上げたクレアの唇に、貪るように自身の唇を重ねた。

†

ふと夜半に目を覚ましたクレアは、隣で寝入るルークの頭を撫でた。ずっとその撫で心地に今までも既視感があったのだけれど、ようやく思い至った。

「そっか、ルーか……」

クレアが飼っていた愛犬だ。

すやすやと寝息を立て、クレアにしがみつくルークの髪をくしゃりと指の間に入り込ませ、昔のことを思い出し、苦笑した。


八歳の時だった。

両親と乗っていた馬車が事故に遭った。あまりの衝撃で何が起こったのか分からなかったけれど、ふと目を開けると、母がクレアをきつく抱きしめていた。

『……クレア、大丈夫?』

『お、かあさん』

ぎこちなく微笑んだ母の顔は――血まみれで。顔を動かし見回しても、周りは血の海で。

母がどんな状況なのかは一目で分かった。

『良か……った』

目を閉じた母に何度も呼びかけた。

一緒にいたはずの父に何度も助けを求めた。

『おか、お母さん…………？　お、お母さんっっ！　ねえ起きて！　お母さ……お父さんっ！　どこぉっ!?　お母さんが……っ』

微笑んだまま冷たくなっていく母と、抱きしめられた腕の中から抜け出すことが出来ないままで、声が枯れるほど懸命に叫んだ。

泣きじゃくり、叫び、助けを求めた。

目の前で冷たくなっていく母を見ながら願った。

『嫌だ、置いていかないで。誰か……お母さんを助けて』

――助けが来たのはほんの数時間後だったらしい。

けれどそれは永遠に感じた。

そして目を覚ましてくれない母に、自分の声には意味がないのだと思い込んでしまった。父は馬車から投げ出され、少し離れたところで命を落としていた――。

そのときから声を発することが出来なくなり、王都に住む祖母に引き取られた。

色を失ったような毎日の中で――ある日、庭の隅で小さくうずくまるふわふわした薄茶色の塊を見つけた。

それが愛犬ルーとの出会い。震え、見るからに衰弱し痩せ細った犬の命が今にも消えるのをどうにかして止めたくて、三か月ぶりに声を出した。

『……っ、～～っっ！　お、……おばあ、ちゃ……っ！　た、た、すけ……』

久しぶりでうまく声が出ず、何度も言葉がつっかえながらも、祖母の服を引っ張り庭まで案内した。

そんなクレアを見て、祖母はくしゃりと微笑み、衰弱した犬の面倒を見てくれた。

温めて、ミルクを飲ませ、次第に回復していく犬を二人で見ながら、祖母がクレアに尋ねる。

『このわんこの名前、どうするんだい？』

『…………ルー』

『ルー？』

『……ん。……な……なまえ、ルー』

『なんだい、ルーって。ポチとかジョンとか、もっと犬っぽいのがあるだろう』

クレアは首を振り、これで良いのだとにっこりと笑った。

『ルー……』

きらきらとした瞳でクレアを見上げたルーを抱きしめ、小さな声でその名を呼んだ。

祖母は苦笑し『分かったよ。この子はルーだ』と納得してくれたようだった。その後祖母は、犬ともども、クレアをぎゅっと抱きしめてくれた。

ルーの薄茶色の毛並みは、光を浴びると金色に輝いて見える。やせ細っていたルーはあっという間に大きくなり、大人の腰ほどもある大型犬になった。

元々人見知りで引っ込み思案だったことと、両親を亡くしたショックからなのか人と距離を置くようになったクレアだけれど、それでもそれなりにやっていたし、ルーに至ってはいつも一緒にいた。

ある日、祖母と一緒に店番をしている最中に、ふと祖母が言った。

『クレア。大事な人が出来たら、大事だってちゃんと口にしないといけないよ』

先ほど、年の近い近所の子がクレアを遊びに誘いに来たのだ。けれどクレアは首を振っただけで、遊ばないと意を示した。

仲の良い子を作らないクレアを心配しての言葉だろう。

『……おばあちゃんとルー以外に、大事な人なんて作らないから良いんだもん。他にいらないもん』

口を尖らせたクレアに、祖母は困ったように笑った。

引っ込み思案で人見知り。注目されるのが嫌い。

そして……両親のことを無邪気に聞かれるのが、何より嫌だった。それを聞かれると、クレアは何も喋れなくなる。

――大事な人は、みんな自分を置いていくと知ったのは、それから六年してから。

祖母が流行（はや）り病をこじらせて亡くなった。悲しみに暮れている間に、ルーも時を経たずして、老衰で死んでしまった。

『ルー……置いていかないで。一人にしないで……ねぇ、ルー……』

どれだけ懸命に願おうとも、やはり何も叶わない。みんな、いなくなる。あのときの母の姿を思い出した。

それなら……口にすること自体が無意味ではないか。

それから一年間、クレアが口を開くことはなかった。

惰性のように、ただ生きるだけの日々。

もう誰とも関わらず生きていこうと、そう思った。

意識的に口を閉ざしていたわけではない。昔もそうだったけれど、本当に声にならないのだ。

医師には精神的なものだろうと言われたし、言われなくても分かっていたことだ。

一年後、隣町の薬師の男がクレアの家にやってきた。

店は閉店したままだったから、使用していたのは二階の住居部分だけだったけれど、彼は王都に店を開きたいから、この店を売ってくれと言った。

設備が整っているというのもあるが、元々薬師としての祖母の信頼が厚かったため、丸ごとそれが欲しかったのだろう。

そのうちこの男は、断ってもしつこく何度もやってきた。

クレアが喋れないと知るや否や、最初の丁寧さをあっという間に翻し、昼夜を問わず扉を叩いた。

ノイローゼになりそうな最中、近所の人たちが手伝ってくれ、強引に立ち退きを迫っていたその男を撃退してくれたときに……ようやく気づいた。

——このままでは、周りの人に迷惑をかけてしまうのだと。

一人で生きていくには、周囲に心配されないよう自分の足で立たないといけないのだと。

放っておいてくれとも思ったけれど、山奥の誰もいないところで一人で暮らしているわけではない。

誰とも関わらずに生きていくことなど出来なかった。

それならば手をわずらわせないよう、心配などかけないようにしなければならない。

そう覚悟を決めた瞬間から――徐々に声が出るようになった。

それからはこの店を守るために、家族が残してくれたお金で薬師の学校に行った。

けれど、もう絶対に大切な人は作らないと、そう決めた。

皆いなくなってしまう。関わり合いになればなるほど、別れが辛くなる。

マリーおばさんや近所の人は「もっと頼ってくれ」と言ったけれど、あいまいな笑顔で誤魔化した。

表面上は笑顔で接することが出来るようになっても、深く付き合うことはない。もう誰もクレアの中に入ってこなくていい。

――もう一生、一人で良い。そう思った。


クレアはルークの金色の頭を撫でる。ふわりと柔らかいその触り心地は、愛犬ルーとそっくり。

そういえば、以前にもルークを見てルーを思い出したことがあった。

「そりゃ、居心地良いわけだ」

苦笑したクレアは、その温かな腕の中で目を閉じ、口元を緩めた。

◆七章◆

「じゃあ、行ってくる」

「はい。くれぐれも気をつけて」

「――でも行きたくない……行きたくないっ！　クレア～～……」

「何言ってるんですか。頑張って」

「……うん」

北部地方で発生した魔獣の群れの討伐に、騎士隊が行くことになった。長くなることが予想されていて、最長で三か月を予定している。

そして旅支度を整えたルークは、先ほどから行きたくないと泣きごとを言っている。

「――怪我（けが）、しないように気をつけてくださいね」

「心配してくれるの？　大丈夫、俺強いから。クレア、浮気しないでよ？　帰ったらすぐクレア成分補充しに来るから」

ぎゅっとクレアを抱きしめ、口づけをし、ようやく出発した。

クレアは、彼のその背中が見えなくなるまで、目で追い続ける。

最長三か月の長期遠征。

帰ってくるそのころには――。

「もう私のもとには来られないでしょ……」

シュナイゼルは、ルークがクレアのことを本気で好きだと思うと言った。

確かにそうかもしれないけれど、薬の効果が切れた時に同じ気持ちだという保証はどこにもないし、薬の効果がまだ続いている以上、その効果によるものと疑うのは当然のこと。

ルークといるのは楽しいけれど。期待などしたくない。

心を閉ざした自分一人の世界なら、誰もクレアを傷つけない。痛みは最小限で済む。

グッと唇を噛みしめる。なぜか締め付けられるように痛む胸を、静かに押さえた。

†

ルークがいなくとも、いつもと変わらない日々は続いていく。

常連客が訪れ、そして夕方になると『スタンドアップ』を買い求めに、明らかなつけ髭や、普段はつけてないであろう度の入っていない眼鏡をかけた人、目深に帽子を被った人など、やや怪しげな人々が来る。

堂々としてくれば良いのに、と思うけれど、身分が高い人も多いのだろう。

(値段も高いしね)

そんな中、閉店間際に黒いローブを被った人がやってきた。背の高さから男性だろう。

「いらっしゃいませ」

男は店内に入るなり、興味深げにぐるりと見回した後、特定の商品を探すでもなく、クレアの元に一直線に来た。

店内はクレアとその男だけ。

その挙動不審さに、フレアはカウンターの中に置いていた防犯用の棒をこっそりと手に取る。

「やあ、クレア」

男は被っていたローブを脱いだ。

ローブの下からは、朗らかな笑みを浮かべた黒髪の男。王太子シュナイゼルだ。

直後にもう一人男性が辺りを見回しながら入ってきて、彼の後ろに立つ。護衛の人だろう。

「――殿下。なぜここに」

……本当になぜここに、である。

王宮専属薬師がいるのだから、王子が市井の小さな薬屋になど用事はないはず。

――ということは、だ。

「なるほど」

クレアは何も言わずとも理解した、とばかりにコクリと頷いた。

大体みんな言いにくいのだ。

それはそうだろう。クレアとてうら若き女性。自分に話しにくいであろうことは分かっている。

クレアは、カウンターにスッと一枚の紙を差し出した。

「こちらにご記入ください」

「……？　なんだこれは？」

「ご記入いただいた内容で、薬が必要かどうか判断させていただくようにしております」

シュナイゼルは小首を傾げながら紙を手に取り、さっと目を通した。

彼は徐々に目を見開いていき、時折「は？」と声を上げ、最後に気まずそうに咳払いをした。

「…………おいクレア。なぜ私がお前に性事情を明かさねばならないんだ」

むすっとし、視線を漂わせながら、シュナイゼルはクレアに問診表を返却してきた。

「とは言いましても私は薬師です。『スタンドアップ』がいかに人気とはいえ、症状もない方にお渡しするわけにはいきません」

この時間に本人が来たからには、『スタンドアップ』のお買い求めだろうと判断した。

この薬は必要のない人が頻繁に使用すると、この薬がないと勃たなくなるという懸念がある。

そのため、本当に必要な人にしか渡さないようにしている。

「――私は薬を買いに来たわけではない」

「へ？　では何をしに？」

薬屋に薬を買わずに何をしに来たというのだ。

けれどシュナイゼルはぶつぶつと文句を言い始める。

「私にそれが必要に見えたということか？」

「申し訳ございません。この時間はその薬をお求めの方が多いので、つい。それに外から分かる症状ではありませんので、若いかどうか、見た目元気かどうかなども、これに関しては先入観を抜きにしておりまして」

「……それはそうだな。それは大事な問題ではある——いや、違う。こんな話をしに来たのではない」

シュナイゼルは『スタンドアップ』をお求めでなかった。

人に言えぬ悩みをお持ちなのかと思ってしまったが、違うようだ。

この薬以外ならば、うちのレベルの薬など王宮薬師たちはいとも簡単に作るだろう。ということは、薬が用件でないことは想像に容易い。

「早速本題に入ろう。——ルークの薬の効果の話だ」

ああ、その話か、とクレアは腑に落ち、話の続きを促すようにこくりと頷いた。

夕日が窓から差し込み、薬瓶に反射した影が店内の床を美しく彩っていた。

シュナイゼルから視線を外し、その影をぼーっと見ながら話を聞いていた。

——何を言われるのか、予想はついていたから。

「……あの栄養薬がルークの生命維持機能を回復させた一方で、異常な反応を示したわけだが。ベクターの話では、やはり行きすぎた効果が継続することは身体にとって有害であり、半年以上はその負担を持続できないらしい。つまり、今頃はもう——ルークの薬の効果は切れているということだった」

ああ、やはりそうかとクレアは相づちを打った。

クレアとて、自分の飲ませた薬のせいでこんなことになったのだから責任は当然感じていた。色々な文献も読みあさってきた。

だから――『半年は超えない』という、ベクターと同じ意見だった。

そう思っていたはずだったのに。

……なぜだろう。最近では薬の効果が半年を超えた例はないのかと、逆の事例を探していた気もする。

「私もそう思ってました」

きっぱりと言ったクレアに、シュナイゼルが眉をひそめた。

彼も床を彩る影に気づいたのか、俯きながら静かにぽそりと呟いた。

「ルークが自分の元にたどり着けなくなったらもう好きではなくなるんだと、まだ思ってるのか？」

それはまるで、独り言のような小さな声だった。

……その通りだ。

そう思っているし、そう思わなければならない。

「前も言ったようにルークは薬が切れたとしても、きっと変わらないと私は思うが……クレアはどうなんだ？」

「私、ですか？」

「そう。ルークの薬が切れたら。ルークがクレアの元にたどり着けなくなったら。――きみの元にたどり着けないルークは、もういらないのか？」

その真剣な表情はクレアの心の奥底を覗き込んでいるようで、思わず怯んでしまう。

「ルークはクレアにとって、それほどどうでもいい存在なのか？」

「…………」

「もしそうじゃないなら。少しでもルークを大事だと思うなら。クレア、自分から手放そうとしちゃだめだ。簡単に諦めたら、だめなんだよ。ルークのことを――信じてあげてほしい」

穏やかな目をしたシュナイゼルの言葉は、クレアの胸に重く刺さった。

クレアがなんと言えばよいのか分からないでいたら、彼は情けなさそうに眉を下げ微笑んだ。

「――まぁかっこよく言ってみたが。実は私がそうしてほしい人がいるからなんだ」

「え？」

「こんな身分だからね。少し目を離すと、自分はふさわしくないとすぐ身を引いてしまう人で。だからいまだに公表も出来ないでいる。あ……これ、ルークも知らない秘密だから」

唇に指を一本当てたシュナイゼルに、クレアは大きく目を見開き、ギョッとした。

「なぜ私にそれを」

……そんな重要事項など聞きたくなかった。

シュナイゼルは王太子であり、彼の結婚は国の重要案件だろう。そして彼には、色恋に関しての噂がほとんどない。

そんな情報、飛びつきたくなるほど知りたい人は大勢いるはず。

「クレアは口が堅そうだから。それに、頑固なところが私の想い人に少し似ている。きみを攻略出来たら――私の想い人も攻略できる気がしてな。まあ願かけのようなものだ」

「願かけ、ですか」

そんなことに使われ、重要機密を握らされてしまった。

「……相手が誰だか知りたいか？」

「いえまったく知りたくありません。ちっとも。これっぽっちも！」

全力で否定したクレアに、シュナイゼルはまたしても笑い上戸を発揮し、散々笑った。

クレアは呆れ返り、その爆笑しイメージの崩れまくった王子姿のまま、もう帰れば良いのにと思った、その瞬間。

「近衛騎士のティアリアだ」

「…………っ!?」

シュナイゼルはニヤニヤして、絶句したままのクレアを見つめている。

今このタイミングで名前を口にするということは、シュナイゼルの想い人の名前であることは明白。

(ルークと人気を二分する、あの女性騎士のティアリア様!? 確かに以前王宮に行ったとき、殿下のそばにいたけど)

ティアリアは美しく、凛々しく気高い。孤高の存在すぎて、そちらも浮いた噂をまったく聞いたことがなかった。

知りたくないと言ったのに、勝手に告げてくるとは。

「……え？　今何かおっしゃいました？」

「ほう、なるほど。聞こえてないふりか。私は勝手に語るとしよう。——今では女性騎士の憧れの的であるティアリアは、私の二歳上でな。出会ったのはまだ幼いころ。まだ令嬢として、それはかわいらし」

「すみません。聞こえています、ごめんなさい。なんですか、のろけたいのですか」

多大なストレスを与えられ、苦虫を噛みつぶしたような顔になっているクレアに、シュナイゼルは目を見開いた。

「……ああ、そうだな。誰かにのろけたかったのかもしれない。ティアリアも私も隙がなさすぎるのか、誰にも疑われないものだから話す機会もなくてな」

「はぁ。つまり……一応付き合っているということですね？」

「そうだ。——多分」

多分ってなんだ、と思わなくもないが、あえて聞かない。絶対尋ねたりしない。

「つまり……誰かに愚痴を聞いてほしかったと」

「なんにも知らない者の方が相談しやすかったりするよな……」

遠い目をする王太子は、どうやら花形騎士のティアリアの身を引こうとする態度が不満で、それをクレアと重ねているらしい。

「相手が王太子より、英雄騎士の方がまだマシだろ」

「………」

確かに、そんな気がしないこともない。

一度顔を合わせただけの美しいティアリアのことを思い、『こんな人が相手で大変だな……』と率直に同情を禁じ得なかった。

——仕事を終え、鍵を閉め二階に上がると、どっと疲れが押し寄せてくる。

いつものようにティーポットに茶葉を入れ、ハーブティーを用意した。

テーブルに置いたカップにハーブティーを注いだところで、ふとクレアの動きが止まった。

テーブルの上には、カップが二つ。

この家に一人になってもう一か月半も経つというのに、一体何度目だろう。

「……また淹れちゃった」

クレアはティーカップを丁寧に手に取れば、温かさがじんわりと伝わってくる。ゆっくりと口に含むと、カモミールの香りが鼻をくすぐった。

静寂に包まれた一人の部屋で、クレアは反対側の席で少しずつ冷めていくティーカップを、じっと見つめていた。

†

朝晩がほんの少し肌寒くなり始めたころ。

昼間のお店に来たのは、常連のレナだった。

「それでね!?　ヨナスったら付き合った記念日忘れてたのよ!?　酷すぎるわっ」

カウンターに顔を伏せ、わっと泣く真似をするレナは、昨日が付き合った記念日を彼氏が忘れていたことに悲しんでいるようだ。

レナに出した透明なグラスにはアイスティーが入っている。氷が、カランと音を立てた。

「付き合った記念日ですか。……レナさん。ときめきって、どんなのですか？」

「えっ!?　クレアちゃんと恋バナする日が来るなんて、嬉しいっ」

「いえ、別に私のことでは……後学のために」

そっけなく答えたクレアに、レナは意味深な笑みを浮かべたが、あえて深くは聞いてこなかった。

「恋の最初……ってことよね。そうねぇ。まずはその人といると、胸がドキドキするのよ」

レナはなぜか虚空を見つめ、夢見がちな目をしながら手を組んだ。

「動悸ですか。毎回常にだと、心臓に負荷がかかりそうですね」

「……いや、四六時中ドキドキしてるわけではないわよ？　要所要所でその人の仕草にドキッとしたりとか、キュンッてなったりとか。夜はそばにいないことに切なくなっちゃって、胸が苦しくて泣きたくなったり。実際に意味もなく泣いたりすることもあるわ」

「かなりのレベルの情緒不安定さですね」

「クレアちゃん……。今、薬が必要かって思ったでしょ」

図星を指され、ぎくりとした。だが、それほどまでの症状がクレアに出たことはない。

『きみの元にたどり着けないルークは、もういらない？』

シュナイゼルはそう言った。

もちろん、ルークのことをいらなくなどない。

けれど、シュナイゼルはクレアがルークに恋しているかどうか、ということを言いたいのだと思う。

そしてレナからもらった恋の情報と自分の気持ちは、なんだか違う。

——ではこれはやはり、恋などというものではないのだ。

「それが恋なのですね。なるほど。それはなかなか厄介なものですね。では——一緒にいると落ち着いたり、安心したりするのは恋ではないんですよね？」

さらりと言ってみたものの、レナはほんの一瞬目を大きく見開いた後、生暖かいまなざしをこちらに向けてきた。

「うーん……それってさ、例えば相手の情けない姿とか、幻滅する姿を見てもその人はそう思うのかしら？」

「そうですね。むしろ情けない姿しか見てないというか」

「それなのに、そばにいない相手のことを考えてる時がよくある」

ゆっくりと、静かな口調。

午後の穏やかな時間に、レナの声がゆったりと響く。クレアは小さく頷いた。

「一緒にいると落ち着いて穏やかに過ごせて、普段他の人には見せない自分の姿も見せたりして」

「…………」

なんだ？　レナは占い師だったのか？　と思えるほどに、クレアの現状をピタリと当ててくる。

「その人の体温が心地よくてあったかくて。何かしてほしいわけじゃないけど一緒にいると幸せで、その人にも幸せでいてほしい、かな？」

目を細めながら、レナはアイスティーを手に取り、グラスをくるりと回す。氷が音を奏でた。遠くを見つめる彼女の瞳は、なにかを思い出しているようだった。

クレアは沈黙したままだったけれど、レナはそれを肯定と取ったようだ。

「それってさぁ……もう愛なんじゃない？　だってそれ――とっくに大事な人でしょ」

レナはその後で「クレアちゃんみたいなタイプなら、家族愛や友愛との違いは身体を重ねられるかじゃないかな。だってクレアちゃんの場合、その人以外と身体重ねるとか……想像もつかないんじゃない？」と、弾むような声で言った。

いつの間にかクレアの話になっている。……間違ってはいないのだけれど。

いつもの化粧品を購入し、レナは「じゃあね」と穏やかな笑顔を向けた。けれど、店を出ようとしたときに「あ」と振り返る。

「ずっと愛のままでも素敵だと思うけどね。たまにね、愛から始まる恋もあるのよ」

くすりと笑ったレナは手を振り、颯爽(さっそう)と帰っていった。

(愛……。――そっか)

見送りのため扉の前に立っていたら、通りを歩く人たちの声が聞こえてくる。

「騎士隊の遠征、終わったらしいぞ」

「じゃあもうすぐ帰ってくるかな？」

「遠征帰りの騎士隊は、食べるし飲むからな。材料補充しとかねぇと」

軽快な笑い声が聞こえてきた。

(騎士隊が帰ってくる。ルークも帰ってくる。……でももう、私のところに一人で来ることは出来ない)

――風が微(かす)かに吹き抜けた。

騎士隊が遠征に出かけている北の方の空を、クレアはじっと見つめる。

切なくて、泣きたくなるわけじゃない。

そばにいて、ドキッとしたりだとか、きゅんとしたりだとかは、よく分からない。

ただ、いつもくっついてくるルークに、いつの間にか安心感を覚えていた。そばにいてくれることが当たり前になって、身体を重ねることも自然なことだった。

ヘーゼルの瞳はいつも緩やかに弧を描き、クレアを見つめる。その目を見ると、いつも頬が緩みそうになる。

ルーの毛並みによく似た、柔らかな金色の髪を触ると、ぎゅっと抱きしめたくなった。

少し薄い、あの唇に触れたいと思う。抱きしめて、キスして、同じベッドで寝たい。

――大事な人はもう作らないと、あの日決めた。

何度も自分に言い聞かせるように繰り返してきた信念。

でも――とっくに心を明け渡してしまっていたことに、自分自身気づかずにいたのだ。

気づいた時には、深く深く心に入り込み、いなくなることなんて考えられないほど刻みつけられている。

「あ～あ」

信念を守れなかった自分への失望が、ほんの少し。

こんな想いになるとはという驚きがまた少し。

そして多くは——満たされた感情が占めていて、自分で驚いた。

そよそよと吹く風に、クレアのピンク色のポニーテールが微かに揺れる。

北の空を見上げたままのクレアは、苦笑しているような。それでいて晴れ晴れとしているような、なんとも言いがたい表情を浮かべていた。

✝

騎士隊は二、三日中に帰ると噂されていたが、まんまと外れ、一週間経っても帰ってこなかった。

そして、八日目の朝。少しだけ空が白み始めた時間。

当然のようにまだぐっすりと眠っていたクレアだが、家の扉をトントントンと叩（たた）くような音が聞こえてきた。

最初は聞き間違いか、寝ぼけているのだろうと、毛布を肩までかけ直した。

けれど、いつまでたっても止まることのないその音が幻聴ではないと気づき、眠い目をこすりながら起き上がり、二階の窓から下を覗いた。

店先には、第一騎士隊の服を着た人がいる。目を凝らしてみれば、ダンテだった。

近くに騎士隊の馬車も見える。

「あれ、ダンテさん。なんで……」

……妙な胸騒ぎがした。

ダンテがいるということは、騎士隊が帰ってきたのだろう。けれど、普通に考えてダンテがこの時間に我が家をノックするとは思えない。

胸が早鐘を打ち始め、胸がぎゅっと締め付けられる。

(ルークは……?)

薬が切れたルークがクレアの元にたどり着けないのは分かっているが、それならダンテと一緒に来るはずだ。

それなのに、ダンテ一人がこんな明け方に来る理由とは。

急いで上着を羽織り、階下に降りた。一階の店内はまだ光が入り込んでおらず、真っ暗だ。

焦るあまり、カウンターに思い切り腰をぶつけた。

「……痛っ」

思わずぐっとうめき声が出る。それでも歩みを止めることはなく、痛む腰を押さえ、もつれそうになる足を懸命に前に出した。

どろどろとまとわりつくような、不穏な空気が怖くて仕方がない。

「ダンテさん!」

扉を開けるなり声を上げたクレアに、ダンテが目を丸くする。

「クレアちゃん、ごめん。こんな朝早くに」

「大丈夫です。どうしたんですか？」

「シュナイゼル殿下がクレアちゃんを連れてこいって。……副隊長が大怪我をして」

……ひゅっと喉に息が詰まったようで、声が出なかった。

――ルークは強いんだと、本人だけでなく誰もが言っていた。

そんなルークが怪我をしたなんて。

どくん、どくんと、心臓が胸から飛び出てきそうなほど大きな音を鳴らしている。

クレアの脳裏に、血まみれの母の姿が浮かんだ。

病で倒れた祖母の姿が浮かんだ。

二度と戻らない、愛犬ルーの温かなあのぬくもりが浮かんだ。

次第に冷たくなっていくみんなの姿に、ルークが重なってしまう。

胸の奥で鳴り響く不安で、息苦しさがどんどん増していく。世界が一瞬で暗転していくかのようだ。

（……まだ、ルークに何も言ってない。私は……何も伝えてない）

口にしても意味をなさなかった、母への叫び。

立て続けに祖母と愛犬を失った悲しみ。

まざまざと当時の気持ちを思い出したクレアは、さぞかし悲痛な表情をしていたのだろう。

ダンテが苦笑しながらクレアの肩に手を乗せ、ポンポンと叩いた。

「だ、大丈夫だから！　命に別状はないはずだし」

「すぐ用意します。待っててください」

即座に踵を返し、二階に駆け上る。

着替えようとするけれど、思うように進まない。

(大丈夫。命に別状はないって言ってた。大丈夫)

指の震えが止まらず、服のボタンがうまく外せない。何度も深く呼吸をし、自分自身に「落ち着け」と言い聞かせた。

なんとか用意を終え、ダンテと共に馬車に乗る。

「王都に入る少し前に、その近くに盗賊集団が出てる話を聞いて。そっちの討伐に向かったんだ。その時に――」

話を詳しく聞くと、人攫いもしていたらしい盗賊たちは、討伐の際、攫われた一般人を人質にした。戦い辛く、思うようにスムーズにいかない中、なんとか優勢に押し始めた時に部下を庇ってルークが負傷したのだという。

「今、副隊長は医務室にいるから、そこに連れていくね」

またしても、一気に不穏な気持ちに支配されていく。

どれほどの大怪我なのだろうか。命に別状はないとダンテは言ったけれど、シュナイゼルがクレアを呼びつけるほどだ。

きっと……よっぽどのことなのだろう。

震える手を押さえつけるように、持っていた鞄をきつく握りしめた。

馬車が王宮の隣にある騎士隊の隊舎に着けば、早速ダンテに先導されながら足を踏み入れた。

騎士隊は夜半に帰ってきたばかりで疲れているのだろう。あちらこちらに隊員たちが座り込み、眠り込んでいる人もいた。

顔見知りの隊員はクレアを見て、疲労感満載のままながらも笑みを作り、小さく手を振った。

「雑然としててごめんね。王都に帰り着く間際に戦闘になった上に、時間がかかっちゃったから皆疲れてて」

「謝ることなんて……何もないです。いつもありがとうございます」

治安維持のために、命を懸けている人たちだ。そしてルークもその中の一人なのだとあらためて実感し、なんとも言えない気持ちになった。

廊下を通り、『医務室』と書かれた扉をくぐる。中にはベッドがいくつも並び、何人もの騎士たちが包帯を巻かれた状態で寝ていた。

クレアはきょろきょろと室内を見回すけれど、ルークらしき姿がない。焦りと不安が心を締め付け、入り口で立ち尽くした。

「クレアちゃん、こっち」

大部屋を抜け、奥の小部屋に案内される。一歩一歩踏み出すたびに、足が震える。

凍えるほど冷たいのに汗ばむ手は、スカートの生地をきつく握りしめていた。

「ダンテです。入ります」

こぢんまりとした小部屋に入れば、一台のベッドの脇にシュナイゼルがこちらを見ながら、脚を組んで座っていた。

ダンテはクレアを案内すると、用事があるらしくそのまま出ていってしまった。

「クレアか。早朝に悪かったな」

「いえ、大丈夫です。……ルークは？」

小声で話すシュナイゼルは、ひどく疲れた様子だった。

ベッドに横たわる人物の頭だけがちらりと見えている。

見間違えようのない、柔らかな金色の髪。ルークだ。

ブランケットを被っていて顔は見えないけれど、身体がリズムよく、ゆっくりと上下している。

(息、してる)

そのことに、クレアは心底安堵(あんど)した。その場にへたり込んでしまいそうなほどに。

「ああ。ようやくさっき寝た。腹に太刀傷を負ったんだ。命に別状はない。ただ――」

寝入っているであろうルークをじっと見つめたシュナイゼルは、ため息をついた後、クレアを見て困ったように笑った。

「治癒魔法を使ってもらったとはいえ、まだ一日は絶対安静だと言っているのに――お前のところに行くと言って聞かないんだ」

「……え？」

連れてこられたのはもしかしてその理由で？　とクレアが思った次の瞬間。

寝ていたはずのルークが、がばりと上半身を起こした。

「クレアの匂いがする！　……っつ、痛っ……」

お腹を押さえながらもルークはきょろきょろと部屋を見回し、立ち尽くすクレアとようやく目が合った。

ルークのヘーゼルの瞳が見る見るうちにきらきらと輝き始め、くしゃりと破顔し、両手を広げた。

「……クレアだ！」

ベッドから立ち上がろうとしたルークだが……シュナイゼルがその金色の頭をパチンと叩いた。

「お前は犬かっ。動くなと何度も言っているだろう」

心底呆れたような声を出したシュナイゼルにより、これに似たやりとりが何度も繰り返されてきたのが分かる。

治癒魔法を使える人は非常に珍しく、王宮でも使える魔法使いは一人だけ。病気を治すことは出来ないけれど、外傷を緩和することが出来るらしい。

とはいえ、ルークが負ったような大怪我となると、定着させるために丸一日は絶対安静ということだそうだ。

「クレア、こっちに。私と交代してくれるか。こいつが寝たままならそれでいい」

シュナイゼルはルークの見張り番だったらしい。

隊長のオーガストは討伐の処理や報告の作成で忙しく、ルークを押さえられる人間が隊長を除けば、シュナイゼルしかいないとのことで呼ばれたようだ。

立ち上がったシュナイゼルは「そんな顔しなくても、あいつは大丈夫だ」とクレアの耳元で囁いた。

「ゼル！　クレアと近い！」

「お前はいい加減、寝ろ」

目を吊り上げ、やれやれと苦笑しながら、シュナイゼルは部屋を出た。

クレアはベッド下の部分でしばらく立ち尽くしていたが、のろのろとルークのそばに近寄った。

上半身裸のルークの身体には、今まではなかったいくつもの真新しい傷が見える。そしてお腹の部分は包帯で覆われていた。その包帯の部分のみ、治癒魔法が使われたらしい。

「ルーク……」

「クレア。ごめん、帰ったらすぐに行こうと思ったんだけど」

「ルーク。私、匂います？」

「え？　いつもクレアは良い匂いだけど？」

自分の匂いで起きたらしいから、少し気になっていた。……いや、あまりに不安すぎて、どうでもいいことを言いたかっただけ。

ルークがニコニコと目を細めたまま、クレアに手を差し出してきた。

震える手で、ぎこちなくそれに指を重ねた。

クレアの細い指をぎゅっと握りしめたルークは、その手を自分の頬に摺り寄せる。

怪我の影響で熱が出ているのだろうか。ルークの手も頬も、いつもより熱い。けれどその体温で、ようやく彼が無事なのだと実感できた。

反対の手で、ルークの柔らかな髪に指を絡める。

「ルーク」

その頭を、自分の胸にぎゅっと抱いた。

「クレア、どうしたの？　あ、ゼルが朝からいきなり呼んだから大変だったよね。ごめ」

「ルーク……っ」

こんな状況でも、自分のことは二の次でクレアのことを気にかけようとするルークに、目の前が滲んできた。

気持ちが、溢れてくる。

――家族の死を前にして、自分の言葉に意味などないと、二度も口を閉ざしてしまった。

けれど、今、皆の顔が浮かんだ。

母も祖母も、穏やかに微笑んでいた。

(そうだ。お母さんを呼び続けたことで、お母さんは私の無事が分かって安心したのかもしれない。

だって……お母さん、あのとき笑ってたもの)

祖母も、愛犬も、穏やかに眠ったのだと、今なら思う。

――自分の言葉に意味がないなんてことは、きっとなかったと。

ルークに、ちゃんと伝えたいと――そう思った。

「無事で……本当に良かったです。私、生きた心地がしませんでした」

普段言わない言葉だからだろうか。ルークがびくりと硬直し、驚いたのが分かった。

『クレア。大事な人が出来たら、大事だってちゃんと口にしないといけないよ』

小さいころ、祖母に言われた言葉が浮かんだ。

あのころは、もう大事な人は祖母と愛犬以外に作らないから良いんだ、とふてくされて言ったけれど。

クレアは抱きしめていたルークの頭から手を放し、ベッドに横になるよう促した。しぶしぶ寝そべった彼にブランケットをかけ、隣の椅子に腰を下ろす。

無理矢理寝かされ、不満満載なルークを見ると、つい苦笑してしまう。ブランケットの下に手を滑り込ませ、彼の手を握った。

「ルーク。怪我して安静の指示が出てるのに、私のところに無理矢理来てくれても――嬉しくないです」

「……っ」

ルークがたじろいだ。

クレアから目を逸らし、どことなく瞳が潤んでいるような気もする。

「……帰ったらすぐクレアに会いに行くって約束した」

「動くと悪化するような怪我を負った状態で来てもらっても、全然嬉しくないんです」

「だって俺――クレアに会いたいのずっと我慢してて。クレアは……そんなこと思ってないの、分かってるけど」

握ったルークの手から、力が抜けていく。ルークが目を伏せ、もの悲しげに微笑んだ。

――自分の今までの態度は、きっと好意を感じられるようなものではなかっただろう。自分ですら気づいていなかったのだから、それは当然なのかもしれない。

それなのに、ルークはずっと追いかけてきてくれていた。

(私はどれほどルークを傷つけてたんだろう。与えるばかりで返してもらえない思いは、どれほど辛いだろう。どうせ薬のせいだって、本当のルークを見ないふりしてた。信じてもらえないのは……辛いに決まってる)

罪悪感が溢れてる。

でもそれは、きっとルークがクレアに持ってほしくない思いのはず。

ルークが何を言ってほしいか、今ならよく分かる。

その手を今度はクレアが、強く、ぎゅっと握る。

もう彼がそばにいない生活なんて――考えられないから。

「……ルークが、大切だから」

逸らしていたヘーゼルの瞳が大きく見開かれ、ゆっくりとクレアに視線を定めた。

その顔には、今なんと言ったのか、という疑問と驚きがはっきりと浮かんでいる。

思わずくすりと笑ってしまい、今度はクレアが握ったその手を、自分の頬に擦り付けた。

「ルークが大切なんです。身体を、大事にしてほしいんです。……これからも一緒にいたいから」

ヘーゼルの瞳がクレアを凝視し、唖然(あぜん)として口をポカンと開けている。

美男子と評判の英雄騎士様の情けないその姿に、クレアは思わず目を細め、唇を緩めた。

「ルークのことが――好きなんです」

これ以上は目を見開くことが出来ないというほどに大きく目を見開きながら、ルークはがばりと起き上がろうとした。その肩を押さえ、クレアはダメだと首を振る。

その瞳がみるみるうちに、潤んでいく。

「ほ、ほんとに？　これ夢？　俺、もしかして死んだ？　願望の偽物クレア？」

「死んでません。縁起でもない。夢でもないです」

いつものように淡々と言えば「あ、本物だ。クレアだ」とルークが言った。

――一体何を基準にルークはクレアを本物と判断しているのか。

やれやれと小さくため息をつき、ブランケットのかかった胸元をポンポンと優しく叩く。

「少し寝てください。睡眠は身体の修復に重要なんです。寝ないと治るものも治りませんよ」

「……うん」

「気が散るでしょうし、私は外に」

「待って！　やだ。ここにいてくれ」

またしても身体を起こしたルークは「ぐっ」と痛みからうなり声を上げた。やはり治癒魔法をかけてもらっても、まだ痛むらしい。

「ちょ、何してるんですか」

「これ、夢かもしれない。夢じゃないって信じたいから……そばにいて？」

ヘーゼルの瞳が不安そうにクレアを見つめている。思わず、きゅんっと胸が締め付けられた。

そんな目で見られて、置いていけるわけがない。

「──分かりました。仕方ありませんね。ちゃんと寝てください」

「ほんとに俺のこと好き？」

「……好き、ですよ」

「手、握ってて」

「注文が多いですね」

「クレア、顔赤い」

「……知りません」

プイッと顔を背けたクレアに、ルークがくすくす笑っていた。

†

ルークは何度か目覚め、そのたびにクレアがそばにいるのを確認し、また安心したように眠るのを繰り返した。それだけ消耗していたのだろう。

「あ、クレアだぁ……。なんか俺すっごい良い夢見た……クレアが俺にさ、好きだって言うんだ」

うっすらと目を開け、クレアを視認した途端に「うへへ」ととんでもなく嬉しそうに顔を緩める
ルークは、起きるたびにクレアの告白を夢と思っているようで。

その度に「夢じゃないですよ」と彼の手を握りながら伝えた。

「……ほんとに？　俺のこと、ほんとにほんとに好き？」

「――っ…………す、……好きですって」

そう伝え続けすでに――このやり取りは六回目。もう一度言う。六回目だ。

クレア、優しさサービス盛り盛り中である。

ちょっと疲れ……いやいや、ルークは今まで何度も伝えてきてくれたのだから、と自分を叱咤激励
する。いまだかつて人様に「好き」だなんて伝えたことがなかったのだから、そう易々と何度も言え
るものではない。

最近ずっと考え込んでいたことと、ルークがいなくなってしまうかも、ということで、昂った感情
は最初こそ自然と表に出てきたけれど。

もともとクレアはそんなに情緒豊かな人間ではない。

ルークが好きなのに嘘偽りはなくとも何度も口に出したいかと言われれば……。

(え、世の男女ってこんなに何回も……なんかこういうの言わなきゃいけないの？)

――めっっっちゃくちゃ、恥ずかしい。

出来ることなら、あんまり言いたくない。

けれど無言でいると「……そうだよな。クレアがそんなこと俺に言うわけないよな」と、しゅんと

悲しそうに微笑むものだから……言わざるを得ない。

(ずるい！　それは反則だと思うんだけど⁉)

だんだんクレアの表情筋も引き攣ってきたので、そろそろしっかりと目覚めてくれたら良いなぁとこっそり思っている。

途中、食事のためにルークの見張りをコウラに代わってもらったが、戻るとコウラが変な顔をして、クレアにヒソッと打ち明けた。

「……副隊長、うっすらと目を開けて俺の顔見た途端すんごいガッカリしたような、お前じゃない感を出すんだよね。苦虫噛み潰してそうな。――ちょっと酷くないかな？」

苦笑するしかなかった。

しばらくしてから、ようやくすっきりしたようにルークは目覚めた。治癒魔法が定着したようで、もう痛くもないそうだ。

そして――ルークはクレアの家で療養することが決まった。

「さすがに訓練にはしばらく参加できないから、ルークは一週間休暇だ。クレアの家で療養させてもらえると、こちらもうるさくなくて済む」

「こっちにいても、結局脱走するのが目に見えているからな。クレア嬢、よろしく頼む」

シュナイゼルが呆れた顔をしながら言うと、一緒に部屋に来ていた隊長のオーガストも頷いた。

二人の言葉に、ベッドの上で明らかに顔を輝かせている金髪の男がいるが、誰もそこには触れない。

とんでもないキラキラオーラを放ち、オーラだけで自分の存在をアピールしようとしているが、誰一人目を合わせようとしない。

もちろんクレアも。

反応したら負けである。

療養といっても、すでに一番大きな傷は治癒魔法が完全に効いたようで痛みもないらしいが、負傷者は全員しばらく休暇だそうだ。

そこからルークの症状のことなどを詳しく聞き、隊員がルークの荷物を用意してくれた。

馬車で送ってもらい、二階のルークの部屋まで一緒に上がる。ルークの荷物はクレアが持った。

「クレア、俺が持つよ」

「……少しは頼ってください。ちょっと小さいですけど、力は結構あるんですよ。それに大きな傷は魔法で治ったって、小さな怪我、まだたくさんあるじゃないですか」

負傷者は大勢おり、小さな傷まですべて魔法で治していたら、たった一人しかいない治癒魔法士が倒れてしまう。ゆえに魔法が使われたのは、命の危険がある傷だけ。

傷ついたルークに、胸が締め付けられる。これからも怪我をするたびに、いや、送り出すたびにそう思うのだ。

他の騎士たちの家族も、そんな思いを日々しているのだろう。

「うん。ありがとう、クレア」

視線を感じ、ルークを見上げると、彼はにんまりと嬉しそうに顔をほころばせていた。

「なんですか」

「なんでもない」

弾むような声だったが、気を取られて階段を落ちてはたまらない。

ようやく部屋にたどり着き、ルークをベッドに座らせると、彼はニコニコしながら両手を広げた。

「クレア」

抱きしめさせて、のポーズ。

「傷に障りますよ」

「これくらい大丈夫。まだ帰ってきてから一度も抱きしめてない」

眉をひそめ、悲しそうな表情をするルークは――。

「その顔したら、なんでもしてもらえると思ってません？」

前回から、味を占めているような気がしてならない。

「……だめ？」

絶対、これはわざとやっている。

実際にルークは座っているのだから仕方ないのだけれど、上目遣いでクレアを見つめるその瞳に、ぐっと胸の奥が詰まったようで、怯んでしまう。

(こんなでっかい身体なのに。それがかわいく見えちゃう、私も私だ)

小さいため息をつき、彼の首に腕を回し、優しく抱きしめた。

「愛してる――。クレア、俺のことほんとに好き？」

「…………な、何回も言いましたよ。変わりませんよ」

――言いすぎて、もう限界だ。

その代わりに首に回した手に力を込め、その首に顔を沈めた。

それで通じたらしい。クレアをぎゅっと抱きしめ、くすくすと笑いながらルークの頬をクレアの頭に摺り寄せた。

「俺、これからもクレアのそばにずっといる。もう返品はきかないよ？」

「……はい。ずっとそばにいてください」

ルークの温かな体温が、じんわりと全身に染み渡っていくようだった。


――その日の夜。

食事を終え、シャワーを浴びたルークをベッドに座らせ、その小さな傷に薬を塗っていく。

魔法で治してもらった場所は、傷跡は残ったけれど、すっかり塞がっていた。普段目にすることすらない治癒魔法の痕跡に、クレアは興味津々になりながら腹部をしげしげと見つめた。

「本当にすっかり治っているのですね。ここはもう痛くないですか？」

腹部の傷跡にそっと手を触れれば、ルークがピクリと身体を揺らした。

「っ、……うん、もう痛くない」

見上げたルークの目の周りが赤い。お風呂上がりだからだろうか、と思っていたら、彼はベッドの上で膝立ちになっているクレアをきつく抱きしめた。

ルークの顔が、クレアの胸にちょうど埋まっている。

「ねぇクレア。俺……もう無理。もう我慢の限界」

ぐりぐりと頭を胸元に擦り付けていたルークは、クレアのネグリジェをずらし、柔らかな素肌に唇を寄せた。

ちくりとした痛み。

赤い花がクレアのふっくらとした胸に、咲いていた。

「ル、ルーク。殿下が今日は一日静養させてって」

隊舎からの帰り際に、シュナイゼルに「まだあと丸一日は激しい運動などしないで静養させるように」と微笑みながら言われたのだ。

性交渉のことを匂わされていることはすぐに分かった。

「……は？　それ絶対ゼルの嫌がらせだから」

むすっとしたルークは、クレアの胸に何度もキスをする。

そういえば、確かにシュナイゼルはどこか笑いを耐えていたようにも感じた。

――本当に食えない男である。

苦笑したクレアは、ルークの首に手を回した。

「本当に、もうどこも痛くないですか？」

「……痛くない。これくらいの傷、訓練でもしょっちゅうだから」

目を細めたルークは、くるりと身体を反転させ、クレアをベッドに押し倒した。

――唇を押し付けられたところが、どこもかしこも熱を持っている気がする。

貪るように唇を押し付けてきたルークは、深く舌を絡めた。食べ尽くしてしまうように吸われ、絡まり、なぞる。

「大好き。クレア……ようやく俺のだ。ずっと愛してる」

そのたびに何かが込み上げてきそうになってたまらなくなり、その首に腕を回し、引き寄せた。

ルークが愛を囁くのはいつものことだったけれど、彼は決してクレアの想いを尋ねなかった。

ただ、自分はクレアのことが好きだと、根気強く伝えてくれただけだった。

ずっと待っていてくれたルークが嬉しい。

「ルーク……大好きですよ」

こういうのは自然と込み上げてきて、言いたくなるものなんだな。

無理やり言わされていた朝のとは全然違った。

そう口にすれば、ルークはまたしても目を丸くし、泣きそうな顔でくしゃりと笑った。

今まで、ルークが肌に触れるたびに感じていた温かさ。きっとそれは幸福感と呼べるようなものだったと思う。でもそれとは今、少し違う気がする。締め付けられるような胸の痛みと、もう溢れてしまったのに延々と湧き出してきて止まらないような、この感情。

愛なのか、恋なのかなんて分からない。

ただ、目の前の人が愛(いと)しくてたまらない。

今度はねっとりとしたキス。ゆっくりしすぎていて、一つ一つの動作が艶(なま)めかしい。

キスだけで溶けてしまいそうで、頭の奥がぼーっとしてくる。唇はすでに吸われすぎて腫れているかもしれない。

それでも足りない。ルークの首筋に、かぷりと噛みついた。

「……っ、クレア」

「ルーク……もっと」

もっと満たしてほしい。そばにいるんだと、この身体に染み込ませてほしい。

ルークの瞳の奥が光っている。けれど彼は懸命にその欲を抑えるように浅い呼吸を繰り返しながら、強く目をつぶっていた。

きっと、ルークのことだから優しくしようと我慢しているんだろう。時に意地悪をすることもあったけれど、いつだって彼はクレアを気遣っていた。強引なことはしなかった。

先ほどから、彼の剛直が太ももに当たっている。そっと手に触れた。

「～～……っっ」

ルークが声にならない声を上げた。

彼はまだ怪我人である。しかも遠征後で、疲労感も半端ないに決まっている。

クレアはごくりと喉を鳴らしたあと、えいっとルークを転がし、上下を入れ替えた。

「ルークはまだ怪我人なので。わ、私が……します」

「……へ？」

「じっとしてて」

顔が、熱い。ルークがきょとんとしてこちらを見ている。

クレアはルークの下履きの上から、そっと彼の中心を指でなぞった。

鋼を思わせるほど、すでにそこは硬い。

採集のとき以外で、クレアがルークのそこに意図的に触れたことはなかったと思う。しかも、手で触れるだけだった。

緊張から胸の鼓動が大変なことになっているが、クッションを背に斜めにもたれたルークの中心に指を添わせながら、彼の首筋にキスをした。

彼の身体には新しい傷と共に、小さな傷跡がたくさんある。一つずつ、そこにキスをしていった。

ゆっくり下に降り、彼の下履きをずらす。

血管が浮き出た彼の中心はやはり大きく、少し前までこれに貫かれていたのかと思うと、思わず頬が熱くなる。

おずおずと唇を寄せ、その先端にキスをした。

口でする、そういう行為が存在することは知っている。知識としては。

ルークが身体に負担なく、気持ちよくなれれば良いとそう思った。

いつもしてもらってばかりだった。けれど今は、自分もルークに気持ちよくなってもらいたい。

恥ずかしくて仕方がないけれど、自分だって……と舌を出し、先端をちろちろと舐(な)める。ピクリとルークが揺れた。

下から上に舐めると、とある場所でルークがひと際、声を抑えた気がした。

「～～っっ！　……ぅ」

ここが気持ちいいのだろうか、と裏筋をちろちろと舐めた。そのたびに彼の中心はピクリと震え、さらに硬度を増していく。先端を少し口に含むのが精いっぱいで、根元は手で上下に扱いた。

ふとルークの顔を見ると、腕で顔を覆い隠していた。けれど、そこからチラリと覗いたヘーゼルの瞳と、クレアの目が合った。

彼の充血した目が潤んでいる。

胸がどきりと高鳴った。自分が快感を与えてるということが恥ずかしいながらも嬉しくて、妙な嗜虐心が出てくる。

「ルーク。――気持ちいい、です？　……ここ？」

先端をちうっと吸いながら、鈴口を尖らせた舌で弄った。

「……っ、クレア、も、駄目、離し、て……っ」

なんだか一回りさらに大きくなった気がする。ということは良さげということだろう。

達することが出来なければ、ルークはきっと興奮したままだ。そうなれば身体の負担になってしまう。

(今日は私が……ルークのためにするんだからっ)

赤面したままながらも、あむっと口に彼の先端を含み、舌を這わせる。クレアの唾液と、ルークから先走った液ですでに上下に動かす手がぬちぬちと水音を立てていた。

今まで愛を注いでもらった分を、少しでも返してあげたい。

ちゃんと、好きなのだと伝わればいいと、そう思った。

「離し……っ、ぅ、クレア、だめっ」

無理矢理クレアの頭をグイッと押しのけた瞬間に、ルークは限界を迎えたようで——弾けた。

ルークの白濁が、クレアの顔に降り注ぐ。

「だ……っ、だから離してって……ごめ、ごめんクレア」

放ったルークの方が泣きそうである。

ルークはそれをタオルで必死に拭おうとしている。クレアはその様子に、恥じらうように笑みを浮かべながら言った。

「口に出して良かったのに」

そのつもりだった。飲んでも問題ないということは分かっているのだから。

少しはすっきりしただろうか。自分も少しは役に立てただろうかとへにゃりと微笑んだ。

——ぷつり。

その瞬間、何かが切れたような音がした。

目の前のルークが、小刻みに震えている……ように思う。

どうしたのかと顔を覗き込むと、くるりと上下を逆にされ、押し倒された。

金色の髪の隙間から見えるヘーゼルの瞳が、今まで見たことがないほど血走っている。少し怖い。

「……ど、どうしたの」

「今度は……俺の番だね？」

顔をひどく歪ませたルークは、とんでもない色気をはらんでいた。

(今達したばかりなのに、なんで⁉)

ぎらぎらとした目に、思わず身体が縮こまる。それと同時に、身体の奥が疼くのを感じた。

顔の横で、シーツに重ねられた手を沈められながら、ルークが覆いかぶさる。

クレアの唇を食べてしまうように、上から塞いだ。

「……っ、ん、んむぅ」

舌を絡めた濃厚なキスで、飲み込みきれなかった唾液が頬を伝う。それを舐め取ったルークはそのままクレアの首筋に痛いほど吸い付いた。耳元に舌が侵入してくる。

ルークの熱い息遣いが、水音と共に脳内を直接犯していくようだ。

クレアの足の付け根に――ゴリゴリとした硬いものが押し当てられている。

先ほど達したばかりだというのに、完全に硬度を取り戻しているルークの中心が、下着の上からクレアを押し上げる。

荒々しいルークの呼吸を聞いていると、頭がおかしくなりそうだ。

顔も身体も熱い。頭がぼーっとしてくる。

絶妙な感覚で胸をぐにぐにと揉みしだかれた。

「ルー……クッ、病み上がりなんだから……ダメっ……んっ」

彼の負担にならないよう口淫をしたというのに。

「――あんなことしておいて、なんで俺が正常でいられると思ったわけ？　やっぱりクレアは……俺のこと分かってない……っ」

ぐりぐりと下着越しにルークの剛直が何度も往復する。

ルークに奉仕しながらも、自身の身体が熱くなっていっているのは感じていた。

けれど、下着越しにこすり上げるルークに、自分がどれだけ愛液を滴らせていたのか、その水音でまざまざと気づかされる。

恥ずかしさから休憩してほしくて、「ま、待って」とルークをちらりと見上げた。

彼はしばらくクレアと目をしっかり見合わせた後、大きくため息をついた。

「またそんな顔して……ねぇ、分かってて煽ってるの？　ほんとは分かってるんでしょ？」

乱暴にクレアの胸元のリボンを解き、あらわになったクレアの胸の先端にぱくりと食いついた。

「や、あ……っ、ん、ぅ……！」

強く吸い上げたまま、甘噛みされた。薄紅色だった先端はすっかり硬くなり、赤く色づく。

痛いはずなのに気持ちよくて。

ルークの手が下着の上から、下腹部のすっかり濡れたそこに触れた。

蜜口を指がなぞり、花芽をピンポイントにかりかりと爪で執拗に弾いてくる。

「んぅ、あ、あ……っ！　……んぅ、ひ……っ」

そのうち、下着の隙間から指が侵入してきた。クレアを傷つけないようにだろう。溢れた愛液を指にたっぷりとつけ、蜜壺にゆっくりと長い指をツプッと沈めていく。

入ってすぐのところを、ルークは指で何度も押し上げた。そのたびにクレアの腰が飛び跳ね、喘ぎ声が漏れる。強引なままでにぐちぐちと、中が広げられていく。

「ま……待っ……ひぁっ、んん……っ、ルー、……っ」

一際高い声が出てしまい、恥ずかしさのあまりルークの首にしがみつき、その肩に自分の唇を押し付けた。

声を出さないようにこらえているつもり……だけど。

ルークが大きなため息をついて体が軋みそうなほどにクレアを抱きしめてきた。

「——はぁ……なんでそんな可愛いの？　俺が必死で我慢してるのに……優しくしたいのに……」

身体が密着していて、ルークの鼓動もバクバクと大きく跳ねていることに気づいた。

自分に興奮してくれていることが、優しくしようとしてくれていることが嬉しくて。思わず頬が緩んだ。

頬を密着させながら、彼の耳元で囁いた。

「優しくなくても……いいですよ。結構丈夫ですから」

「～～……っっ！」

クレアを見て、ルークはぎゅっと目をつぶり必死で耐えるように顔を歪めた。しばらく荒い呼吸を繰り返したけれど、ひとたび息が整うと、またしても蜜壺に指を沈め、愛撫（あいぶ）を再開した。

「ルーク……っ、もう」

もう来てくれ、とそう伝えた。自分の一番奥まで、来てと。

「～～……っ。——まだ、ダメ。久しぶりだからもうちょっとほぐさないと。それに……俺ばっかりお世話してもらったし…………二階に行こう」

胸元をはだけさせたままのクレアをひょいと抱き上げ、ルークは階段を上っていく。

そうだ。クレアが薬を飲んでしまったときも、ルークはかなり丁寧に、長い時間をかけてほぐしてくれたのだ。

そのせいか、薬が効いていたこともあるが、痛みはほとんどなかった。とんでもない圧迫感はあったけれど、いつしかそれさえ快感にしかならなくなった。

ルークの部屋のベッドに横たわらせられた。

頬に、瞼に、こめかみに、啄むような口づけを何度もされた。

頬を撫で、抱きしめる仕草は、まるで自分が宝物にでもなったかのようで、甘くくすぐったい。

けれど、思い起こせばルークは最初からそうだった。

クレアが受け止めようとしていなかっただけだ。今まで見えなかったことが見えてきたことに、ルークへの想いがまたしても溢れた。

「ルーク……好きです」

首に手を回し、その肩に顔を埋め、彼の耳元で囁いた。

びくりと身体を硬直させたあと、おずおずとクレアの身体を抱き寄せたルークは、次第にその力を強くしていく。身体が軋むほど強い抱擁に、思わず吐息が漏れた。

「知ってるだろうけど俺も好き。ほんとに大好き。——でも俺、今めちゃめちゃ我慢してるのに。なんでそんなこと言うの？　我慢できなくなっちゃうよ」

「我慢、しなくていいですよ？」

ため息交じりに言ったルークに、くすりと笑いが漏れた。

「——ようやく抱ける。遠征中もずっとクレアのこと考えてた」

ルークはクレアに何度もキスをした後、彼女の足の付け根に顔を埋め、下から上に愛液を舐めとった。

蜜壺に舌を挿入し、浅いところをぬるりとしたものが蠢く。熱くて、柔らかくて、声が漏れる。

陰核の上を引っ張られ、直接舐められた。びりびりとした感覚が全身を貫き、身体が飛び跳ねてしまう。

ちうっと陰核を吸い出しつつ舌先で何度も弾かれる。いつの間にか蜜壺に挿入された指から、ぐちょぐちょと卑猥な音が響いていた。

「ふぁ……っ、んンっ！」

長い指で奥をノックされた。ルークの肩に懸命にしがみつき、強烈な快感を逃そうとしていたけれど、まったく効果はなさそうだ。

蜜壺の中の指は、いつの間にか三本にまで増やされていた。

強すぎる快感から、飛び跳ね、逃げようとするクレアの腰をルークがしっかりとホールドする。

「あ、や、ルーク、っ、い、イッちゃうから……っ、あ、やぁ」

「うん。クレア、いいよ……イッて」

陰核が強く吸い出され、唇と舌の間に挟まれた。三本の指が蜜壺の中でばらばらと蠢き、何度も出入りを繰り返す。

「あん、やっっ！　んンぅ～～……ッ」

目の前は真っ白にスパークし、全身が激しく痙攣する。ルークの指を飲み込んだままの中が、どくんどくんと脈打っていた。

朦朧とした意識の中、ルークに口づけされた。

ふと目を開けると、ヘーゼルの目を細め、喜色を滲ませた顔でクレアを見つめている。

その表情に、胸が急速にきゅんと締め付けられた。

『たまにね、愛から始まる恋もあるのよ』

レナが先日言った言葉が蘇る。

「……え？」

思わず声が出た。

「どうした？」

ルークが心配そうにこちらを覗き込んでくるその瞳に、またしても心臓がドクンと高鳴った。

ルークがかけがえのない大切な人だと気づいた。好きなのだと、ずっとそばにいてほしいのだと思った。

——愛だとか恋だとかは、いまいち理解しないいまま。

（え、ちょっと待って。え？　なにこれ？）

胸が、キュンキュンし出して止まらない。一気に顔が熱くなる。

「ちょ、ルーク、ちょっと待って。なんか変」

「なに？　どうしたの？」

「なんか……え……？」

ルークがもうキラキラしまくって見える。思わず手で自分の顔を覆った。

「どうした？　クレア、顔がすっごく赤いけど」

動悸が収まらない。これではレナが言っていた恋の症状、そのままだ。

指の隙間からチラリとルークを見た。まだ顔の周りに星が舞っている気がするし、もう胸がキュンキュンしてたまらない。慌てて目を逸らす。

「ルーク、ちょっとこっち見ないで……っ。なんか動悸が……変なの」

「……っっ!!」

ルークがクレアの手を掴み、隠していた顔をあらわにした。

驚いて目を大きく見開いたけれど、ルークの凝視する視線に胸の鼓動が速くなりすぎて、また目を逸らした。

「なにそれ、反則すぎるだろ……。ねえクレア、今自分がどんな顔してるか分かってる？」

今度はルークが自身の顔を手で覆い、大きくため息をついた。

それほど失望させる変な顔だったのだろうか。

指の隙間から見えるルークの瞳が、光を帯びた。それは明らかに欲情した瞳。

「真っ赤になって。恥ずかしそうに瞳、潤ませて。……俺のこと大好きだって、そう言ってる顔」

「っっ！」

「……もう駄目。限界」

ルークはクレアの蜜口に、すっかり滾らせた彼の剛直を添えた。

深いキスが落とされる。上あごをなぞり、舌が深く絡まり合う。気の遠くなるような恍惚感と、全身が性感帯になったような感覚に戸惑ってしまう。

どこもかしこも、気持ちよくてたまらない。

蜜口に何度か浅く、キスするかのようにルークが腰を前後させせると、プチュプチュと淫らな音が響いた。

「クレア、かわいい……。大好き」

「まっ、今ダ、メ、……ひぁあっ」

ずくん、とルークが一気にクレアの最奥まで到達した。

下腹部がキュンキュンと痙攣し、クレアの視界がスパークを起こした。

「ひああ……っ！　あ……ぁ、ん、あ、ふ……っ」

「挿れただけでイッちゃった？　……中、ヒクヒクしてる――うねりすぎ」

ルークは動かないでいるのに、蜜壺は収縮し、イキ続けているような感覚が続く。

（……やだ！　やっぱり、変……っ）

自分の反応に理解が追い付かず、目を白黒させていたら、ルークがゆっくりと前後に動き始めた。

「……っ、あ、待って、やだ、変なの……っ、ぁ、んぅ、っ、ひああ……っ！」

どくんどくんと、自身の蜜壺が脈打っているのが分かる。

最奥に侵入し自身を押し付ける彼は、クレアの頬を撫で、嬉しそうに笑った。

――ルークからも、大好きだと伝わってくる。

感情が高ぶり、さらに自分の奥がきゅんと締まった。

「これから先も……そういう顔見せるのも、こういうことするのも、俺だけとしかダメだよ？」

胸の先端をこりこりと指で転がしながら、抉るような抽挿を繰り返す。

今までとは比べ物にならない快感に、一突きごとにイッているような気がしてならない。

「あぅ……っ、あ、んンッ、ひ、あ、や、だめぇ……っ」

耳元で囁きながら、舌を挿入してきた。

「ねぇ、クレア。俺だけだって言って」

脳内に直接送り届けられた水音で、お尻から頭のてっぺんまで、ぞわぞわとしたものが一気に駆け巡る。

クレアが耳が弱いことなど、ルークはもちろん知っている。

「ね、こんなことするの、一生俺だけだって……言って。クレア」

「あ、ひぁっ、る、く……だけっ。ルークだけぇ……っ」

その言葉を合図にしたのか、肌と肌がぶつかる甲高い音が出るほどに、クレアに激しく杭(くい)を打ち付け始めた。目の奥でチカチカと星が瞬く。快楽は積み重なり、どろどろに溶けていきそうだ。

知らなかったのだ。

好きだと気づいただけで、身体にこんな変化があるだなんて。

気持ちよくて、幸せで、愛しくてたまらない。

ルークの杭が大きく膨らんだ。クレアを強く抱きしめたままのルークに、奥を抉られる。

もう、どうしようもないほど気持ちよくて、何がなんだか分からなくて、懸命にルークにしがみついた。

「……っ、クレアっ」

嬌声を上げることしかできないクレアの蜜壺の最奥に、熱い液体が放たれた。それすらも刺激になるクレアはまたしても喘ぎ、高みに達した。

虚空を見つめ放心状態なのに、蜜壺がどくどくと脈打ち、収縮している。

それすらも、新たな快感を連れてくる。

「ひぁ……、ぁ、あ……ん」

ルークの杭は少しだけ硬度を緩め、クレアからずるりと出ていこうとした。

その感覚が刺激となって、クレアの中がひくひくと締め付ける。思わず声が出た。

「…………」

——ずくんっ。

「~~っっ!?　あぁあ……んっ」

抜かれると思っていたルークが、また最奥まで一気に侵入してきた。目の前に火花が散った。

先ほど硬度を緩めたはずなのに、またしても剛直になっている。

「あ、んぅ、なん、で……っ」

クレアの愛液とルークの放った白濁により、ルークが腰を打ち付けるたびに、さらに淫らな水音がパチュンパチュンと響く。

「う……っ、クレアが悪い。かわいすぎるんだよ。それに……一回で足りるわけない」

荒い呼吸の中、ルークは眉間に皺を寄せ、苦痛を耐えているようだった。けれど、ヘーゼルの瞳は欲望からか、爛々と輝いている。その瞳から目が離せない。

体勢をくるりとうつぶせに変えられ、腰を高く持ち上げられる。獣のようなそのポーズに、思わず息を呑んだ。

クレアの腰をしっかりと掴んだルークの剛直が、ごつんと最奥まで挿入された。

「〜〜ッツ!!」

声も出せずに、仰け反ってしまう。腰が落ちてしまいそうなほど力が入らないのに、ルークが支えているためそれすら出来ない。

当たる場所が、今までとは違うのだ。

休む間もなく、打ち付けられる。ルークの片方の手が、クレアの陰核をくるくると撫で始めた。

「……んぅっ、あ、やぁっ、一緒っ、……や、ぁ……っ！　ひぅ……っ」

同時に施されるとめどない刺激に、頭の線が切れてしまいそうだ。

「ん？　こっちも？」

空いた方の手で、今度は胸の先端を弄り始めた。

違う、と言いたいのに、出てくる音は喘ぎ声ばかり。

こんな執拗なルークは、今まで見たことがない。どこもかしこも、ほんの少し触られるだけで大きな快感をもたらし、敏感ではしたない身体になっているようだった。

それが、嫌ではない。

「あっ、んンッ、あ……っ！」

抉るように、クレアの最奥までルークの剛直が刺さる。今まで全部挿ってなかったのではないかと思われるほどに貫かれていた。

いつも優しすぎるほどに丁寧で、こちらの様子をゆっくりと待つルークではない。乱暴で、性急で、その瞳には獣のような光が宿っていた。

溺れてしまうほどの熱情。スイッチを入れたのは、自分。

今まで手加減してくれていたのだと、ようやく知った。

貫かれるたびに、頭の奥が焼き切れてしまいそうだ。

「あっ、んっ、……ん、ひあ……っ」

目の前がずっとチカチカしている。足がピンと突っ張り、身体がびくびくと痙攣していた。

(ずっと……ずっとイッてる……！)

いつの間にか座ったルークに後ろから乗せられ、身体を揺さぶられる。

ルークの手はクレアの胸の先端と花芽をぐりぐりと弄り、耐えようのない、強烈なまでの快感は苦痛ですらあった。

「やっ、あ、ンン～っ！　やだ、なんか、くる……っ、ルークぅ……ッ、や、～～……っ！」

プシャッ、とクレアから何かが出た。

もう何がなんだかわからなくて、それなのに恥ずかしくてたまらない。

真っ赤な顔をしているであろうクレアの腰を持ったまま、ルークは下から腰を押し上げた。

休む間をクレアに与えることなく、ルークはクレアを突き上げる。

待ってくれと振り返ると、キスだと勘違いしたのか、ルークはクレアに舌を絡めた。

「クレア……ん、っ、クレア……好き。ずっと、俺だけの……っ」

時折意識が途絶えながらも、二人は何度も愛し合った――。


クレアがふと視線を感じ、目を開けると……ベッドの横でルークが蕩けそうな顔をして、こちらを見ていた。

「おはようございます」

「おはよう、クレア」

全身がだるく、腰には痛みすらあるけれど、ひどく幸せで満たされた気分だった。

ルークは、神々しいばかりに輝いて見える。これが恋や愛のなせるわざなのだろうか。

「クレア。いつ結婚する？」

「…………はい？」

後光がさすかのような美しい笑みで、ニコニコとしたまま彼は意味不明なことを言ったので、聞き間違いかと思った。

「今なんと？」

「いつ結婚する？　俺はすぐにでも良いんだけど」

（あれ？　いつそんな話になったっけ？　好き同士になると、すぐに結婚になるんだっけ？　……いやいや、そんなことないよね？）

周りの人を見ても、すぐに結婚した人などほとんどいないことを思い出した。

けれど、満面の笑みで尻尾を振りながら浮かれる愛犬を彷彿とさせた。それは愛しくて、かわいくて。

きっとルーク以上にクレアが好きになる人はいないだろう。

クスッと微笑み、ルークの腕に身体を寄せ、その頬に口づけをした。

「それはまたそのうち」

と、クレアははっきりと返事をしたわけではないのだが……歓喜のあまり、ふるふると震え始めたルークはまたしてもクレアに飛びついた。

「え、ルーク……っ、んンっ」

またしてもルークはクレアの唇を塞ぎ、敏感になった身体を弄り出す。

軽く食事をして抱き合って。お風呂に入っては抱き合って。

丸二日間、クレアとルークは寝て軽く食べて、また身体を重ねることを繰り返した。もう身も心もどろどろだ。

臨時休業二日と、元々の店休日が連続だったのは幸いだった。

そしてクレアは、なにかがずっと引っかかっているような気がしていた。

（……あれ？　ルーク、今までと変わらなくない？　方向音痴、どうなったの？）

さすがにこんな狭い家の中では迷うわけないのだけれど、今のところ変化は見えないことにようやく気づいた。それでもきっと、もう切れているのだろう。

一抹の寂しさを感じないといえばそれは嘘になるけれど……、そんなものがなくても、もう大丈夫だという確かなものが心の中にすでにある。

——コンコンコン。

一階の店の入り口を叩く音だ。

ベッドから降りようとしたところ……足が崩れた。全く力が入らない。

「ごめんクレア。無理させすぎた」

気恥ずかしくてたまらない。

それほど、延々と身体を繋げていたということなのだから。

「大丈夫です……服、取ってもらえますか？」

急いで着替え、ルークに支えられながら扉を開ければ、王宮からの使いだった。

「明日の夜、王宮で食事を？」

手紙に目を落としていたクレアが、顔を上げた。

「はい。シュナイゼル殿下からの伝言です。ルーク様とお二人で」

「クレア、良い？」

「はい、もちろんです」

†

西の空がオレンジ色に染まり、街は長い影を落としていた。

王宮まで向かう道のりは、いつものようにクレアが先を行く。二人分の距離を開けて、その後ろをルークが付いてくる。

振り返れば、ルークはいつものように目を細めた。

日常が戻ってきたようで、じんわりと心が温かくなる。

王宮に着き、案内されるまま進んでいくと、大扉の前に麗しい女性騎士が一人立っていた。

(ティアリア様だ)

長身に銀髪を一本に束ね、冷たさすら感じるほどの凛(りん)とした美しさを持っていた。

「あ、ティアリア」

ルークが軽く手をあげた。

「ルーク。快癒して良かったわね。次は腹など刺されぬように気をつけなさい」

きりっとしたまま唇の端を上げた後、クレアと視線を合わせたティアリアは、ふわりと目を細めた。

「クレアさんですね。ルークの従姉(いとこ)のティアリアです。ルークのことでなにか困ったことがございましたら、いつでもご相談ください。――シメます」

「やめてくれ」

ルークは若干青ざめているように見える。どうもティアリアには頭が上がらないらしい。そして
シュナイゼルの想い人……。恋人？

（ルークの従姉だったんだ。――よし、殿下の例のことは忘れよう）

一人でコクリと頷き、ティアリアには「ありがとうございます。その時はよろしくお願いします」

と伝えた。

中に入りながらルークが「ティアリアは怒るとめちゃくちゃ怖いんだよ。よろしくしないでいい
よ」と肩を落とした。今まで色々あったらしい。

「ルーク、クレア。待ってたよ」

シュナイゼルが奥の席から声をかけてきた。

「お招きいただき光栄です」

「ゼル、なんだよ。せっかくの休みなのに……」

「クレアは喜んでると思うが？」

その通りだ。喜ばないはずがない。

席につけば、早速コース料理が運ばれてきた。シュナイゼルがルークに色々と近況報告をしている
間、クレアは前菜のテリーヌに夢中。

その次のロブスターのビスクスープは、トマトの風味と新鮮な海の幸が絶妙なバランスで、王宮

じゃないと食べられないだろうと思わせるほどの濃厚な味わいだった。

二人の仕事の話はほとんどが耳を通り過ぎている。

あまり関与しても仕方がない話ばかりではあったが、魔物討伐の遠征中の睡眠時は最大限の警戒を常に払うため、疲労感が拭えないという話は、いつかなにかの参考になるのではと頭の片隅に残った。

メインディッシュのテーブルに出されたとき、シュナイゼルが「一つ、重要な話がある」と切り出した。

「昨日、王宮筆頭専属薬師が帰ってきたんだ」

「陛下たちの療養に同行されていたのでしたよね？」

「ああ。陛下たちは二日後に戻るのだけど、その前に一足早く戻ってきたんだ。それで、ベクターがルークのことを筆頭に報告したら……とんでもなく怒られたらしい」

「……？」

話を聞くと――どうやら、例の薬の件のようだった。

「ルークの薬の効果を、我々は『薬』としてだけ考えていた。それがなんらかの形でルークの魔力と反応したのだろうということも分かっていた」

まあその通りである。クレアはコクリと頷き、ルークは聞いているのかいないのか、パンをむしゃりと食べた。

「それなのに、だ。我々は『薬』としての効果のことしか考えていなかった。どんな薬の効果も、長くて半年の記録しかないから、そのころには切れるだろうと。薬師としての文献上は、その考えで当然だ。けれどルークは魔法が使えずとも、超一流魔法使い並みの魔力がある。つまり――魔法使いの分野だったんだ」

ベクターは魔法使いを診ることがほとんどなかったという。

筆頭に勉強するよう言われていたけれど、日々の忙しさを理由にそれをしてこなかった。

クレアを含め、多少の魔力がある者は少なくないが、魔術具が扱える程度。魔法使いと呼べるようなものではない。

さらに魔法使いの資料が市井に出回ることはなく、クレアは知りようのないこと。

「結局、筆頭代理という立場であるにもかかわらず、一部の省に関してまったくの無知であったことをしこたま怒られているというわけだ」

「それでルークは？」

「つまり、クレアが持つ『道に迷わない』という力が、薬と唾液を介してルークに伝わり異常な反応を起こした結果、クレアの元にだけたどり着くようになった。薬の活性化は本来身体に負担となり、半年を超えた持続はないはずだったのは前も言った通りだが……お前たちが付き合ったことによって、唾液なりなんなりが頻繁に追加接種され、ルークの魔力がそれを異物ではないと判断したらしい」

「……ということは」

「ああ。ルークほどの魔力がなければこんなことは起こりようもなかったが、すでにそれはルークの魔力に完全に定着し――、クレアが座標となることは今後もう変わりようがない、と」

目を大きく見開いたクレアに、シュナイゼルが苦笑した。

そういえば今日ここまで来るときもルークは距離が開いても、なんの問題もなくクレアについてきていたことに気づいた。

隣を歩いていてもすぐにいなくなって迷子になるのだと、コウラたちがよく話していたのに。

「——私の栄養薬がスイッチになって、お付き合いしたことで魔力に完全に定着……」

なんてことだ、と隣のルークをじっと見つめると、彼は意味が分かっているのか、どうでもよいのか……「どうしたの?」とでも言いたげに、ふにゃりとした気の抜ける笑みを浮かべた。

「あと、魔法使いにまでこの話が回った。珍しい事例だからルークを調べたいそうだ。ついでに……クレアのその『迷わない』という能力も、きっと原初からあるような魔法の一種だろうから調べたいとも言っていたぞ」

「いえ、それは遠慮します」

面倒ごとも、目立つことも、ごめんである。

「だろうな。私から断りを入れておいた」

あっさりと笑って言ったシュナイゼルに……少しだけ拝んでおきたい気分になった。

✝

ペールグリーンとゴールドで統一された部屋は、華美なシャンデリアが天井から優雅に垂れ下がり、部屋を柔らかな光で包み込んでいる。重厚な絨毯が床を覆い、歩くたびに贅沢な感触が足元から伝わってきた。

　壁には天使の絵が飾られ、高貴な雰囲気でまとめられている。

「……さすが、王宮の客室」

　あまりの豪華さに、クレアは思わず呟いた。

　シュナイゼルが「せっかくなら泊まっていけば？」と誘ってくれ、食事の後は王宮の客室に泊まらせてもらえることになった。

　泊まりの用意などなんにもしていなかったけれど、どうやら王宮にはすべてがそろっているようだ。

　ベッドカバーやクッションは、上質な絹地やベルベットで仕立てられ、繊細な刺繍（ししゅう）が施されている。

「豪華すぎて少し怖いです」

「大丈夫だよ。俺、今まで散々破壊してきたから」

　なにも大丈夫ではないことを、ルークがにかっと笑いながら言った。

　未婚だというのに、クレアとルークには同室が与えられた。王宮なのだから、いまだに古めかしい文化にのっとって、そういったことも気にするのかと思ったけれどそうではなかったようだ。

　寝るための身支度を整え、ルークと二人でとんでもなくフカフカなベッドに入り、彼の胸元をぎゅっと掴んだ。

　クレアはずっと気になっていたことをルークに質問した。

「……ルークは私がずっと座標になるの、嫌じゃないんですか？」

「え、逆に俺がそれ嫌だって言うと思う？　絶対ないよね、そんなこと」

両腕でクレアを包み込み、当然のようにルークは言う。

「あのさ。俺、途中からなんとなく分かってたよ？　――クレアとキスするたびに、どんどんその感覚は鮮明になって……これきっとなくならないなって。でもゼルに言ってもベクターさんに言っても、そんなはずはないって言われたし……これが消えるとかあり得る？　って俺は思ってた。だから……やっぱりって感じでしかなくて。確信がなかったからわざわざクレアに言わなかっただけ」

愛おしそうに目を細めるルークは、クレアを抱きしめる腕に力を込めた。

クレアは少しだけ困惑する。

「でも、一生ですよ？　一生私以外のところに、一人ではたどり着けないんですよ？」

「――俺、どこにもたどり着けなくて死にかけてたんだけど……。でもそうか。クレアも一生自分の位置を俺に知られるってことなのか……」

うーん、と神妙な面持ちで眉をひそめ、小首を傾げたルークは、ん？　と何かに気づいたようで、ガバッと勢いよくクレアを真正面から凝視した。

「別に良くない？　ていうかすごく良くない？　ダメ？　俺に場所知られたらダメ？」

食い気味で来るルークに、思わず「え？」と顔をのけぞらせた。

「俺、一生大事にするよ!?　浮気なんてされないようにする。だからクレアも――そんな浮気相手のところに行かないで……」

うりゅ、と涙目になったルークの妄想は、一体どこまで飛んでいったのか。

いつの間にかクレアは、浮気相手とのあいびき中に、ルークに乗り込まれた浮気者になっているようだ。

「――しませんよ。まったく」

あまりの妄想っぷりに、思わず笑ってしまったし、なんだか馬鹿らしくなってきた。

一生ルークの座標か、と思うと、それもまた良いかもしれないと思った。

生きている限り、必ずクレアの元に帰ってくるということだから。

――あの日、クローディア大森林でルークを拾ったのは、クレアの運命だったのだろう。

「明日……指輪でも買いに行きましょうか。おそろいの」

「っっ！　ほんとに!?　行く行く！　明日王宮から帰るときに早速行こう！」

ベッドの上でクレアをぎゅうぎゅうと抱きしめながら、ルークは小躍りしそうなほど喜んでいた。

✝

翌朝。

シュナイゼルが見送りに来てくれた。その斜め後ろにはティアリアが凛とした表情で立っているが、あえてそちらに視線を定めないよう努力している。

シュナイゼルはクレアにちょいちょいと手招きをした。

なんだ？　と近づくと、手をぐいっと掴み引き寄せ、耳元で囁いた。

「――またのろけに行くから」

「いえ、謹んで辞退します」

「ゼルッ、近いっ！　クレアから離れろ！」

無理矢理クレアたちを引き離してきたルークと、ハハッ！　と笑ったシュナイゼルに呆れた顔を浮かべたクレアだけれど……気づいてしまった。

視界の端に入ったティアリアの首筋に、昨日はなかった赤い痕があることを。

（……大丈夫。私は何も見てない。見てないったら見てない）

知らぬ存ぜぬを決め込み、王宮を後にした。

ルークとクレアは、商店街を歩く。

常に賑わいを見せる大通りで、クレアは前を歩き、時折ルークを振り返る。

そのたびにルークはにっこりと目を細める。クレアは相変わらず外では他人のふりをしているから、無表情。

目立ちたくないからという理由で隣に立たないクレアのことを、一度喧嘩して以来、ずっと尊重してくれている。そのことを再確認し、胸が温かくなる。

「あ、ルーク様だ！」

声をかけられるたびに彼は軽く手を振り、美しい笑みを浮かべる。

その完璧な態度は、まさに英雄騎士様。

でも、クレアがいつも見ている姿とは、全然違うのだ。

情けなくて、すぐ泣きそうになって、あんな完璧な美しい笑顔じゃなくて、くしゃりと皺が寄るような、満面の笑み。

それがクレアのルークだ。そして、そんなルークが、クレアは愛しくてたまらなくなってしまった。

街の人に挨拶をした英雄騎士様は、クレアに目線だけで「待たせてごめん」と伝えてくる。

クレアはルークをじっと見つめ――唇をほころばせ、数歩後ろに下がる。

ルークの目が、大きく見開かれる。

公共の場で常に二人分の距離を開けてきたけれど。目立ちたくないという思いも変わらないけれど。

――今、クレアの真横にルークがいた。

公共の場で。人混みの中で。歩調を合わせ、ルークの隣をゆっくりと歩く。

「行きましょうか」

「～～……っ、うんっ！」

和やかな雰囲気を漂わせ、優しげに微笑んだクレアを見て、ルークは歓喜のあまりふるふると震え出した。

目にはうっすらと涙を浮かべ……そして、ガバリと両手を広げた。

さぁこの胸においで！　と感動の再会を果たしたようなその様子にクレアは真顔になり、ルークに向かって手を前に突き出した。

「いえ、そういうのは結構です。触らないでください」

「っっ!?　……クレア～」

クレアの言葉に、あからさまにガーンとショックを受けたようで、ルークは肩を落とし、しゅんとしながらトボトボと歩き始めた。

クレアは見えないところでクスッと苦笑したあと、またしても真顔に戻り「ほら、宝飾店行くのでしょ?」と淡々と伝えると、ルークの瞳に輝きが戻った。

「ほらクレア! 早く行こうっ!」

眩しいほどの青空を背景に、太陽みたいにキラキラした笑みを浮かべるルークを見ながら「はいはい」と仕方なさそうに言ったクレアの口元は今、楽しそうに弧を描いていた。

◆後日談　クローディア大森林、ふたたび◆

今日の夕食は、チキンのトマト煮込みにサラダ、スープにパン。デザートにはマリーおばさんにもらった葡萄。

トマト煮込みのソースにパンをたっぷりと絡め、クレアはぱくりと口に頬張った。今日のソースは濃厚に仕上がり、パンと非常によく合う。

「ルーク。私、そろそろクローディア大森林に素材採集に行ってこようと思います。なのでしばらく留守に」

「俺も行く！」

ルークはクレアが言い終わらないうちから、はいっ！　と手を上げ言った。

きらきらと輝いた表情のルークに、クレアはスン、と無表情になる。

クローディア大森林に素材収集に行かなければならないのは分かっていた。やはりあの素材あってこその、クレアの店だ。……趣味でもある。

そしてルークの仕事は、第一騎士隊の副隊長。

重要なポジションであり、負傷したわけでもないのに長々と休めるはずがないだろう。

「ルークが休めるわけないですよね？」

「やす……休むっ！」

「子どもみたいに駄々をこねてはダメですよ。副隊長のお仕事、そんなに暇なのですか？」

クレアの言葉にルークは肩を落とし、しゅん、としょげ返ってしまった。

「そんなに長くなりませんし、一週間ほどで帰りますから」

心配性だなと苦笑していると、ルークは無言のまま一気に食事を口に詰め、あっという間に食べ終わり、席を立った。

あまりの食事のスピードにクレアが唖然（あぜん）としていると、座ったままのクレアの背後に立ち、後ろから抱きついてきた。

「……やだ、クレア」

悲しげに甘えた声に、思わず一瞬きゅんとしてしまったが、採集に行かないという選択は出来ない。

「まだ私、食べ終わってないんですが」

努めて冷静に抗議をした。

あとスープが少し残っている。ついでにデザートに頂き物の葡萄はまだ手付かずだ。

するとルークはクレアをひょいと抱え、椅子に自分が座り、その膝にクレアを乗せた。スプーンを奪い取り、スープをすくい、クレアの口に運んだ。

……無言のまま。

当然のように食べにくいが、どうやらルークは本気で落ち込んでいるようだ。垂れ下がった耳と尻尾が見える気がする。

しぶしぶそのスプーンをはむっと口に含めば、すぐに次がスタンバイされている。

ようやく食べ終わったけれど、テーブルの上にはぷりっとした葡萄が残されていた。

「……ルーク、葡萄」

食べない？　と言いたかったのに、すぐに彼は葡萄をちぎり、クレアの唇に押し付けた。

「ぁむ……」

そして食べ終わらない間に、また次がやってきた。まだ口に残っていたけれど、なんとかその次も口に入れた。懸命にもごもご食べていたら……また次の葡萄が背後から伸びてくる。

三つまで無理矢理口に入れられたところで、もうこれ以上入らない！　と首を横に振り、振り返ったところ――。

即座に唇を重ねられ、口に入れられた噛んですらいなかった一個をルークが奪い取り、食べてしまった。

「へへ、甘い」

それならばクレアの口に詰めねば良いではないか……とムッとしながらも、ほんのり顔が熱くなってしまったのは不可抗力。だってルークが、あまりにも蕩けたような表情をしていたから。

機嫌は直ったのだろうか？

ルークはクレアの座る位置をずらし、自分の方へクレアの顔を向けさせ、またしても唇を重ねた。

（葡萄味だ――甘い）

クレアもルークの首に手をかける。絡まる舌は甘く、熱い。

「ん……、クレア……好き」

ルークがクレアを抱えたままソファに移動する。クレアの肩を抱きかかえるようにして横並びに座ると、その手はクレアの胸に触れた。

やわやわと揉みしだかれると、すぐに反応してしまう。すでに先端が尖りを帯びていた。

最近、胸の先端が少し硬くなった気がしてならない。ルークに抱かれていない時も敏感になっていて、服に擦れてしまい困ることもある。

またしても彼はクレアの胸の突起をこりこりと摘まみ始めた。

「ルーク……っ、最近なんかそこずっと尖ってる気がして……あんまり触らないで……？」

さすがにこれを言うのはかなり恥ずかしかった。けれど切実な問題である。

上目遣いにちらりとルークを見た。ごくりと喉を鳴らした彼は、熱い吐息をクレアにかけた。

「じゃあ……こうやって押し込めたらいいんじゃない？」

「え？　……んぅっ！　あ、っ、んンン……っ、それ、ちが……っ」

ピンクの尖った先端を、クレアの豊満な胸にぐりぐりと埋めてくる。

「違う？　やっぱり出した方がいい？」

ソファに押し倒された。クレアの服をはだけさせ、あらわになった胸に顔を寄せたルークは、そのままクレアの先端を口に含み、甘噛みをした。

吸いながら、ちろちろと舌で弄る。そして時折、そのまま舌で押し込んでくる。

「どうすんの。一人旅でもし変なやつに会ったら。こんなことされて……抵抗できるの？」

「そんなの……っ、麻痺薬とか持って――あっ」

両手を頭の上で片手で拘束され、下腹部の下着に手を突っ込まれた。

いつもより強引に、花芽と蜜口をぐちぐちと擦るルークに、甲高い喘ぎ声が漏れる。

「クレアが少しでも変なことされたら……俺、そいつヤっちゃうかもしれない」

今、ルークの瞳から完全にハイライトが消えていた。

ほの暗い表情で低く地を這うような声は、きらきらした英雄騎士様の欠片もない。

（ヤるって……なにを）

思わずゾクリとした。クレアに何かあったら、本当にこの男は色々としでかしそうである。

「こんな、こと……っ！　されるわけな……いっ、あ、……っんぅ」

「ほら、もっと抵抗して？　キスも、相手の舌を噛みちぎるくらいじゃないと」

唇を塞がれ、舌を深く絡められ、クレアは目を強くつぶった。

その間も手は拘束されたままで、花芽はくるくると円を描くように弄られ、愛液がとめどなく溢れている。腰をよじるけれど、手を拘束されていては動きようがない。その手も、痛いほど握りしめられているわけではないのに、力を入れても全くほどけない。

確かに、この状況まで持ち込まれてしまえばなかなか厳しいものがある。とはいえ、抵抗のしようもあるのだけれど――。

「ルークにっ、そんなこと、……出来るわけない……っ！　んぅ」

舌を噛みちぎったり、思いっきり急所を蹴っ飛ばしたり、そんなこと恋人に出来るはずがない。

「……なんで？　なんで俺だと出来ないの？」

目を見開き動きを止めたルークは、その後心底嬉しそうに目を細めた。

それはクレアがどういう意味で言っているのかを分かっている表情。ただ言わせたいのだろう。

「――ルークは私の恋人、でしょ？　好きな人にそんなこと……出来ません」

クレアが頬を赤らめながら言った。

もうデロデロだ。

(あぁルーク……顔がにやけすぎ)

クレアが頻繁には言わないものだから、無理矢理にでも好きだのなんだの聞き出したい日があるらしい。

「クレア、かわいすぎ。でも――なんか拘束されてるクレアもそそるから今日はこのまま……しよ？」

「え？」

キョトンとしたクレアなどそっちのけで、ルークはまたしても手首を拘束した。しまいにはクレアの髪を解き、そのリボンで手首を縛り上げるという暴挙に出た。

さすが騎士である。あまりの早わざに目が点になった。

「ちょっとしたプレイってことで――って、これ……目の毒すぎる」

すっかり服を脱がされ、ソファの上で手首だけ頭上で拘束されているクレアを上から見るルークは、目元を赤くし、興奮しきっていた。

「大丈夫。強く引っ張ったらリボン解けるから……本当に嫌ならそうして……？」

「～～……っっ！」

耳元で囁（ささや）く声は全身を這い回り、その妖艶な表情に身体が反応する。

――愛（いと）しそうにクレアの名を呼びながら、ルークはクレアの身体（からだ）を揺らす。

前から、後ろから。そしてクレアを上に乗せて、下から腰を突き上げて。

――嬌声（きょうせい）を上げ続けたクレアは結局、最後まで手首のリボンを解くことはなかった。

✝

その二日後、嬉々（きき）とした表情で帰ってきたルークは言った。

「クレアと一緒なら、大森林行ってきて良いって！　ゼルと隊長が許可くれたんだ」

満面の笑みのルークはクレアを持ち上げ、室内を踊るように回転する。人形のように力をなくし、なされるがままのクレアの頭の中は「なんで」でいっぱいだった。

英雄騎士様ともあろう人が、ただの薬師のボディガードをして良いはずがない。

「あ、ゼルからクレアに手紙預かってきてるんだ」

ルークは一枚の封筒を懐から出した。

封筒には王家の封蝋（ふうろう）。間違いなくシュナイゼルからの手紙である。

もう嫌な予感しかしない。

この話の流れで「ケーキを食べに行こう」というお誘いの連絡なわけがない。クレアは怪訝そうに眉間に皺を作り、のろのろと手紙を開いた。

その手紙にさっと目を通していくと……クレアは真剣な表情になった。

どうやら毎年冬になると流行する伝染病の、治療薬の主成分である薬草が今年非常に不作であり、クローディア大森林に自生していないかということだった。

大森林産の薬は、最低でも通常の薬草の十倍以上の薬効成分を含んでいるため、それで今年度分を補えたらということだろう。

「なるほど、そういうことですか」

「クレア、嫌だったら断っていいんだよ?」

「いえ。そういうことでしたらぜひ協力させてください。私の祖母も……この病で亡くなっているので」

冬に流行るこの伝染病は、薬がなければ死者が大幅に増えることが分かっている。子供や老人になると、薬を飲んでも免疫が弱っていれば亡くなることさえある。

「……そっか」

静かに、いたわるようにルークは言った。

彼はクレアの家族について、いつも深く聞いてこない。

クレアから話すのを待っているようだった。

（もしかしたら、誰かから何か聞いたのかもしれないな。……ルークは優しい）

そう思ったら、不意に聞いてもらいたくなった。こんなのは初めてだ。

「――その年の冬は大流行したんです。祖母は休む暇もなく薬を作り続けていたから、疲労から免疫が下がっていたんですね。高齢でしたし」

紅茶を用意し、砂糖を入れた紅茶をくるくると混ぜながら、呟いた。

するとルークはテーブル越しに手を伸ばし、そっとクレアの頬に触れてくる。

「……立派なおばあさんだったんだな」

その手があまりにも温かくて、手を重ねた。目頭が熱くなる。

ふっと、心が軽くなった気がした。

そうなんですよ、とそれからクレアは、ルークと同じ髪色の愛犬ルーの話もした。

「そんなに俺に似てるの？」

「ふふ、少し似てますね。この髪色とか感触はそっくりです」

「それ、喜んでいいところ？」

「すっごく喜んでほしいところです」

「じゃあそうする」

くすくすと笑いながらクレアの手を自身の頭に誘導し、撫でてと催促したルークに、思わず噴き出してしまった。

しばらくして、ルークはまた「あ」と声を上げた。

「そういえば、クレアが了承してくれそうならこっちも渡してくれってもう一通手紙が……」

今度は鞄から手紙を取り出した。

今度はなんだ、と手紙を開くと――。

「買取金額こんなに……!? え、それにティアーズハーブ!? 高くて全然手が出せない幻の!?」

莫大な買取金額。さらにティアーズハーブという、とんでもなく貴重で、とんでもなく高価な素材の提供。そして極めつきは。

「王室御用達『スピカ』の会員権!? え、一年間無料食べ放題!? よし! ルーク、一緒に行こう」

元々了承するつもりではあったけれど、先ほどまでのセンチメンタルな思いが一瞬で霧散した。

かくして、クローディア大森林への短い旅はルーク同伴となった。

†

――翌週。

今回は最短で目的地に到着することを優先させ、クローディア大森林まで馬を走らせた。宿には泊まらず、野営の予定だ。

ルークは愛馬のサイラスを連れていた。

漆黒の毛並みは夜空に瞬く星々のような輝きを放ち、クレアの借りた馬よりもふた回りは大きいたくましさ。すでに何度かサイラスに乗ったことがあり、そのたびに、その美しさと力強さにほれぼれとする。そしてクレアによく懐いてくれていた。

今回は荷物があるので、クレアは別の馬に乗る。それにサイラスは驚いたのか、クレアを顔で軽く押し、こっちだと促す。

「今日はね、私はこの子に乗るの。サイラスみたいに速く走れないと思うから、合わせてくれると嬉しいわ」

苦笑しながらサイラスに顔を寄せれば、どうやらしぶしぶながら納得してくれたようだ。

走る姿は流れるように美しく、そしてクレアたちのペースに合わせてくれる、心優しきサイラス。なんと美しいのだろう。クレアの借りた馬は栗色の毛並みでかわいらしい。

「……クレア、ペースを合わせてるのはサイラスじゃなくて、手綱を握る俺で」

休憩中にひたすらサイラスと貸し馬を褒め、撫でていると、ルークが割り込んできた。

「いえ、今そういうのはいいです」

クレアが突き放すと、たちまちしょげて、うじうじと構ってほしいオーラを醸し出してくる。

仕方ないなぁと馬を愛でる合間に、ルークも撫でる。馬八、ルーク二の分量の構い具合いだが、どうやらルークはそれでご機嫌のようだ。

夜、野営中の焚火に照らされたルークの顔を見る。

隣のクレアの視線に気づいたのか、どうしたの？　と小首を傾げながらにこっと微笑むその姿に、愛しさが込み上げてくる。

普段は一人で来ていた。それに対して寂しいと思ったことなど一度もなかった。

けれど……ルークが今一緒にいることで、安心感だけでなく、頬が緩んでしまうような嬉しさや喜びが溢れてくるのを感じている。

(ルークが一緒に来るって言ってくれて……良かったな)

少し離れて座っていたけれど、その距離を埋めるように座ったまま移動し、ルークの腕を抱きしめピトッとくっついた。

(……あったかい)

物理的に焚火であったかいのもあるけれど。二人だと心も温かくなるんだなと、その腕に頬ずりしながら目を細めたクレアは実感していた。

✝

クローディア大森林のすぐ近くの村――らしい。

ルークとて、この村のことは覚えている。

場所のことはさっぱり覚えていなかったが、クレアに手を引かれてたどり着いた村。ここで村人に「英雄騎士だ」と詰め寄られ、馬を借りた。

またしても村人たちはわらわらと集まってきて、質問攻めだ。前回は随分離れたところで待機していたクレアが、今は隣に立ってくれている。

人前で手を繋いでくれるわけではないが、ルークの真横にいてくれるようになった。そのことが、もう神に祈りをささげたいほど嬉しい。

　でも最近気づいた。

　近すぎると、身長差からクレアの顔がまったく見えないということに……。

　隣を見ると、いつもクレアの頭頂部。

　クレア、頭皮にほくろが一個あるんだ、とかそんな気づきばかりが増えている。そんなときに、ふとクレアが顔を上げ、大きな空色の瞳がこちらを見る時の衝撃。思わず胸が飛び跳ねて実際に自分も飛び跳ねそうになるし、どれだけ経ってもクレアがかわいくてたまらない。

　最近はそこに妖艶さも加わったものだから、もうルークは翻弄されまくりである。

　昨夜なんて、自分からルークの腕に寄り添ってきた。

（唐突に見せる甘えっぷりがもう……俺を本気で殺しに来てる気がする）

　クレアが自分のことを好きだと言ってくれてからずっと、もう愛しさが爆発しそうだ。とはいえ、相変わらずクレアは淡々としているが、それでも二人の物理的距離は確実に縮まった。

　今二人の指にはおそろいの指輪がはめられている。

　シンプルなリング。剣の邪魔にならないように、利き手と逆の左手に。それを見るたびに、顔が緩むのを止められないルークだった。

✝

——馬を預け、早速大森林に向かった。

「ルーク、これ全身に振りかけてください。魔物除けです」

「俺、倒せるけど？」

腰に差した剣をポンポンと叩きながら、クレアに告げた。

騎士たちは魔物除けを使わない。魔物除けが効力を発揮するのは低級の魔物のみ。騎士隊が討伐に出るのは中ランクから高ランクの魔物であるため、魔物除けがあまり効かないのだ。

避けられて討伐が出来ないのも困る、というのもある。

ルークは当然だが、腕にはそれなりの自信がある。この森で高ランクの魔物と出会っても、きっと倒せるだろう。

出番はなさそうだけれど、一応宝剣も借りてきたのだ。

「それは分かっているのですが……よっぽどでない限り、殺生は避けたいんです。テリトリーにお邪魔してるのはこちらなので、避けられるのならそれが一番かと」

「……なるほど。確かに」

仕事柄魔物は倒すものとしか認識していないが、森の外にも出ず、静かに過ごしていた魔物の巣に自分から突っ込み、討伐するのは違うのか、と考えを改めた。

このクローディア大森林は、完全に他と異なる生態系をたどっているらしい。人間が踏み入ることもほぼないし、外に魔物が出てくることもまずないからだ。

「でも出くわしたらどうするわけ？」

ルークは言われた通り、魔物除けの薬を振りかけながら尋ねた。

「出くわさない道を探すのも得意なんです」

「……すごいね？」

「でも偶然ばったり出会ってしまったら、麻痺薬を使ったりもしますね。目をつけられてしまえば、当然『倒すのみ』です。薬を使いつつ、ナイフですね。執拗に追いかけてくる場合もあるので」

「クレアが？　倒すの？」

クレアが道なき道へ歩みを進めながらも、腰に下げた小ぶりの短剣をポンポンと叩いた。

「大きな魔物は分かりやすいので避けやすいんです。私は出会ったことないんですよ。でも小ぶりの魔物に一度絡まれたことがあり、やむを得ず……」

「怪我しなかった!?」

「一応短剣の訓練は受けてるんです。薬師は採集に出ることが多く、魔物や獣に遭遇する確率は高いので、学校で一通り習うんですよ」

クレアは自分の腰ほどの高さの草をかき分け、常に足元に目を配りながら先頭を歩き、そしていきなりしゃがみ込む。

「こんなところにあった！」

嬉々とした表情で薬草らしい草を、大事そうに採集する。そのたびにルークの視界から一瞬クレアがいなくなる。

けれどそばにいるのが分かるので、自分にクレアの位置が刻み込まれていて本当に良かったと胸を撫でおろしていた。そうじゃなければ今頃「クレアどこだ!?」なんて言いながら、とんちんかんな方向に走り出していただろう。

　薬草を手にしたクレアはとんでもなく目を輝かせていて、もうかわいくて仕方がない。こんなの他の人が見たら、きっと連れ去られてしまうと思う。一緒に来て良かったと心底安堵していた。

†

　クローディア大森林の滞在は、二日から三日を予定していた。

　初日にクレアのお目当ての薬草を採集しまくり、結界石や魔物除けで厳重に警戒しつつ野営。これは騎士隊の遠征の時にも役立ちそうだな、と考えながら一晩を過ごした。

　翌日二日目――。

　シュナイゼルから依頼された薬草を、朝から探そうとするけれど、クレアがいきなり難しい顔をした。

　手を顎に当て、東の方をじっと見ながら思案しているようだ。

「多分あるとすれば、あっちだと思うんです。以前同じ系統の薬草を見たことがあるし。でも……少し大きめの魔物が通った形跡があります」

　ぐっと唇を噛みしめたクレアは、いつもならそういう場所に立ち入ったりはしないのだろう。

　彼女は賢く、わざわざ危険を冒したりはしない。たとえ報酬が莫大であろうとも、自身の危険を天秤に乗せたとき、クレアは報酬を捨ててでも自分の身の安全を取るタイプだ。

けれど今回は薬草が足りなくなることを聞き、その依頼を受けてしまった。多少の身の危険があってもクレアは採集したいようだ。

他でもない、皆のために。

(相変わらずクレアはお人よしだなぁ)

目を細め苦笑したルークは、彼女の目線に合わせるように身体を屈め、ニカッと笑った。

「クレア、大丈夫だよ。俺、結構強いし、体力もあるし、力もあるし。これでも『噂の英雄騎士』だからね。ここはずかずかとお邪魔させてもらって、薬草を採って来よう」

ポカンと口を開けたクレアは、しばらくして、フハッと声を出して笑った。

「そうですね。英雄騎士様が隣にいるんですもんね」

クレアがルークの左手にそっと指を絡め「行きましょうか」と進み始めた。

以前この森で手を繋いだ時、先頭を歩くクレアにルークが引っ張られる形だった。

けれど今は違う。

横に並んで手を繋いで歩けるこの幸せを、ルークは今、真剣に味わっているところだった。

——二時間ほど歩いたところだろうか。

木々を抜けたところに、例の薬草が青々と群生しているのを見つけた。

「わぁ……指定量十分確保できますし、採りすぎることもなさそうです。良かった」

クレアに採集の仕方を聞きながらルークも手伝う。

収納袋は、これまた王家の秘宝を借りてきた。今となっては原理を知る者は誰もいないが、袋の容量を超えてなんでも入るという、宝剣と共に王家に代々伝わる袋。

ぱっと見、大きくもない、ただの白い巾着袋だ。けれど、どれだけ中に薬草を詰めようとも、まったくいっぱいにならない。

「なんですかこれ」

この袋に薬草を詰めてくれと言うと、その袋の小ささから怪訝な表情を浮かべたクレアだが、入れていくうちに眉間の皺がさらに深まった。

確かに不審極まりない袋である。

「ゼルが貸してくれた」

「なるほど。詳しくは聞かないでおきます」

クレアはどこか遠い目をしながら、次々に薬草を袋に詰めた。

そろそろ指定量が集まっただろうか、というところでクレアがなにかに驚いたように、パッと顔を上げた。

木々の奥の、ある一点をじっと凝視している。

警戒したその様子に、明らかな異変を感じる。ルークも、ピリピリとした威圧感を肌で感じ始めていた。

(魔物だ……それも複数)

——ルークより、クレアの方が気づいたのが早かった。つまり、英雄の称号を持つルークよりも察する力が強いということ。

恋人の新しい能力を知り、こんな状況だというのに頬が緩む。

クレアは真剣な目つきできょろきょろと周囲を見渡し出し……すぐにハッとした表情を浮かべ、なぜか魔物と逆方向に視線を定めた。

魔物が近くにいるときに、そこから目を離すなど危険極まりない。ルークは慌てて剣に手を添え、いつでも抜けるよう準備をしたのだが——。

「ルーク……走りますよっ」

クレアは魔物と反対方向の、先ほど視線を定めた方へ向かい、全力で走り始めた。

「え⁉」

ほんの少し遅れてルークも走り始める。日当たりの良い低草地から、木々が密集し、鬱蒼とした場所に入った。

追いかけてくる中型で黒い犬型の魔物は十四ほどの群れ。

魔物に気づかれたときに、背を向けて走るなど愚の骨頂だと騎士隊では教わる。案の定、魔物たちは追いかけてくる。

足が速い。

「クレア！　追いつかれる！」

「あともう少しです！　もしダメなら倒してください！」

何があともう少しなのか全然分からないまま、駆け抜ける。木の間をすり抜け、しばらくすると前方の視界が明るくなってきた。

「ルークッ、あそこの大きな木まで全力で！」

木々を抜けるとそこは、青い花が咲き誇る花畑だった。その奥に一本だけぽつんとそびえ立つ大きな木があった。

花畑に足を踏み入れた瞬間、一匹がルークに飛びかかってきた。

咄嗟に剣で一刀両断にしてしまう。

この手の魔物は一匹倒してしまうと、報復のために執拗に追いすがってくる。

一斉に飛びかかってくるのを想像するのは容易い。

(やるしかない！)

そう振り向いたけれど――。

犬型の魔物はそれ以上こちらに来なかった。

「ルーク！　あそこまで走って！」

言われるがままに走り、クレアと共に大きな木までたどり着き、たどってきた方向を振り返る。

青い花の外側で黒い魔物はウロウロとしたあと……なんと去っていった。

「え……なんで？」

つい疑問が自然と口から出たが、はぁ、と息を吐いたクレアは安堵したように笑った。

「この青い花、強力な魔物除けなんですよ。天蒼華っていうんです。話には聞いたことがあったのですが……わぁ、初めて見ました」

汗を拭うクレアはキラキラしているが……ちょっと何を言ってるのか分からない。

初めて見たということは、ここにあることを確信していたわけではないのだろう。それなのに、絶対的な自信をもって走っていたように思う。

（……俺が方向音痴だから、クレアが言ってる意味が分かんないの？　普通の人はこれ出来るわけ？）

うちの家系は道に迷わないとは言っていた気がするが、なんだか想定していたのと違う気がしてならない。

知らない道を行っても正しい道にたどり着くとは、いったいどういう原理だ。

シュナイゼルが、クレアの能力も魔法の一種なのだろうと言っていたけれど。

（……ま、俺が考えても仕方ないか。理由聞いてもきっと意味分かんないだろうし）

ルークは自分の能力のなさを正確に理解している。道に関して何を聞いても、頭の中を通り抜けるだけだと。

ちらりとクレアを見ると、彼女もこちらを見上げてにこっと笑った。安堵からなのだろうけれど、クレアの笑顔がさっきから多い。

ギュンッと胸が飛び跳ねる。……そんな場合ではない。

「あ、ルーク。今日はここで一晩過ごしましょう。あそこに小さい洞窟がありますし。私たちの匂いを覚えられてると思うので、念入りに消しましょう」

✝

このクローディア大森林は一年中温暖な気候を保っていて、暖かい。

洞窟で野営の準備をし、ついでに強力魔物除けの青い花『天蒼華』を採集。青い花畑の裏には小さな湖があった。この花の影響か、危険な生物はいないようだ。

夜になり、クレアが「しまった……」と言い出した。

「もっと早い時間に水浴びしておけば良かったですね……ルーク、先に水浴びしてきてください」

「え？　クレア一人残して？　嫌だけど」

「……嫌だけど、じゃないんですけど」

呆(あき)れた顔になったクレアだが、当然である。ルークが散々ごねると「……仕方がないですね」とクレアは観念し、一緒に水浴びをすることになった。

なんだかんだ言って、クレアは押しに弱いのだ。そこがまたいい。

湖に向かいながら「この石鹸(せっけん)を使うんですよ。これは消臭作用に優れているのですが刺激がほとんどなくて――」となにやら色々説明してくれている。ほとんど意味が分からないが、彼女が楽しそうで嬉しい。

クレアがしゃがみ込み、湖の水温を確かめた。

「うん。大丈夫そうです。――あ」

クレアが岸に戻ろうと振り向いた瞬間……身体がずるっと傾いだ。

ルークは咄嗟に手を伸ばそうとしたけれど、少し距離があったのとタオルを持っていたために反応が遅れてしまい、クレアはスローモーションのように水しぶきを上げ……湖に落ちた。

「クレアッッ⁉」

慌ててルークが駆け寄ったときには、クレアは全身びしょ濡(ぬ)れで尻餅をつき、バツが悪そうに笑った。

水深が膝下までしかなかったのは不幸中の幸いだろうか。

「……石に足を取られました」

まあそうだろう。見ていたのだからよく分かる。

「間に合わなくてごめん」

「いえいえ、勝手に転んだだけなので」

手を貸し、クレアを立たせた。

その時ちょうど月を覆っていた雲が払われ、クレアが月明かりに照らされた。

服が濡れて身体に張りつき、身体の線があらわになっている。

――どくん。

（……待って。これ、なんか見覚えが）

しかもクレアは、水浴びをするために下着を洞窟で外していたようだ。

以前、シュピールの滝で豪雨に見舞われたときを思い出させる格好――いや、それよりはるかに破壊力がすさまじい。

多分クレアは、タオルを巻いて水浴びをしようとしていた。けれど今、服のままびしょ濡れになり、月明かりで逆光となったその姿は、完全に裸体が透けて見えている。

(あ、やばい。……これ、やばいかもしれない。――いやいや、ここ魔物も出るかもしれない森だぞ？何とち狂ってんだ、俺)

硬直したルークに、クレアは水色の瞳できょとんと見上げる。

――なぜ外出すると、毎回クレアはルークにラッキースケベを起こしてくるのか。嬉しいけど嬉しくないような。……いや、めちゃくちゃ嬉しい。

とはいえここは外。自制心を持つんだ！　と強く自分を戒めていたというのに――。

ふとクレアは視線を下にしたかと思うと、腰を屈めた。

「あ、石鹸あった」

屈んだクレアの服の隙間から、ピンク色の胸の先端が見えた瞬間――。

自分の中でプツッと何かが切れた音がした。

(なんでクレアはいっつも……っっ！)

ルークはクレアの腰をぐいっと抱き寄せ、その唇を塞いだ。

「〜〜……っ⁉」

足元が不安定だ。驚いたクレアはルークにしがみつく。

クレアの唇が冷たい。

舌を口腔内に入れれば、そこだけ温かかった。濡れた服の上からその胸を揉みしだく。冷たさから、すでに胸の先端はツンと尖っていた。

「ん……っ、ルーク、あ……っ⁉」

尖った先端をきゅっと強めに摘まめば、クレアがかわいくてたまらない声を上げる。

冷たい身体を温めてあげたくて、その唇に、その首筋に舌を這わせる。

この辺一帯に広がる青い花が強力な魔物除けになっているのは確かなようで、魔物の声も聞こえなければ、気配もない。

シンと静まり返った湖は夜空が反射し、こんな場所があるのかと思えるほどに幻想的だ。この世界に、自分たち二人だけしか存在しないかのようにすら感じられ、クレアの息遣いだけが鮮明に聞こえていた。

クレアが右手に持っている石鹸が見えた。

「――洗わなきゃ、いけないんだったね？」

その石鹸を取り、クレアの服の上からこすりつける。

「ちょ、ルークっ、なに、――ひっ、ん」

すっかり全身滑りが良くなったクレアをなぞる。背中から腰へ、そのまま下におり、柔らかな双丘を掴む。

クレアの身体がピクンと小さく跳ねた。恥じらいからか小刻みに震え始めた彼女は眉を寄せ、ルークを見上げ、艶めかしい息を吐いた。

月明かりに照らされたクレアの瞳が潤んでいる。たまらない気持ちになり、ルークは眉をひそめた。

「……しっかり洗わないといけないんだったよね？　ここも、だよね？」

石鹸を塗りたくった手で、クレアの足の間をなぞる。

下は下着をつけたままだった。

下着の合間から指を差し込む。ヌルついているのは、石鹸のせいなのか愛液のせいなのか。

「ルー……っ、自分で、洗……っ、んぅ、あっ」

「だめ。俺が洗う」

首筋も、肩も、鎖骨も胸も、ゆっくりとなぞる。滑りがよくなった胸の先端を引っかけば、クレアは大きく声を上げた。

声が、湖に響いた。

自分の声で驚いたのか、恥ずかしそうに顔を背け、口を押さえた。

そんな仕草も何もかもが、全部ルークを煽っていることに彼女は気づいているだろうか。

鼻から抜ける小さな声を上げているクレアを抱きしめ、濃厚なキスをする。

クレアがかわいくてかわいくてたまらない。その首筋に、かぷりと噛みついた。

「んっ、……ルークも、っ、洗わなきゃ……、っ」

懸命にルークの服にしがみついているクレアは、恥ずかしそうに目を伏せながらもルークの手から石鹸を取った。

そうして今度は服を着たままのルークを、クレアが洗い始めた。

インナーをたくしあげ、直接身体に石鹸をつける。くすぐったくて、それでいてクレアがしてくれているということに快感も感じて……すでにズボンの下は張り裂けんばかりになってる。

クレアは、おずおずとそこに指を添えた。

硬くなっているのだと理解した彼女は一瞬ためらったものの、ズボンの紐（ひも）を緩め、直接手を中に入れた。石鹸で滑る手が直接触れ、思わず声が漏れた。

「……う、……っ」

──限界を感じたのは自身の中心ではなく、理性。

クレアを抱きかかえ水深のあるところまでいき、じゃぶんと身体を沈めた。クレアの腕がルークの首にしがみつく。

石鹸を落とし早急に湖から上がり、岸から上がってすぐの青い花畑にクレアを押し倒した。

ルークの濡れた雫（しずく）が、クレアの頬に落ちた。水色の瞳が壮絶な色気を持っているようで、たまらずその唇に貪りついた。

彼女の水浸しになった下着を取り、湿った蜜壺に指を入れた。中が熱い。どくんどくんと脈打っている。

胸の先端に唇を寄せ、舌で転がしていく。冷たかったそこが、温まっていった。そのたびにクレアは身をよじる。

滾（たぎ）ったルークの中心を、ひくひくと誘う蜜口にあてがう。

「──クレア、も、俺むり」

「ん、ルーク……来て？」

両手を広げたクレアを抱きしめると、その最奥まで一気に腰を沈めた。

「～～っ、ひあ……っ！　あ、あ……っ！」

首筋にクレアがぎゅっと強くしがみついてきた。中が、うねる。

「…………っっ!!」

（やばい、もっていかれる……っ）

こうなったときのクレアの中は、締め付けると同時に蜜壺（みつつぼ）がうねり、なにもしていないのにあっという間にルークが達してしまいそうになる。

ふぅふぅ、と荒い呼吸を歯を食いしばり、なんとか正す。そしてゆっくりと腰を動かし始めた。

胸元をはだけさせ、ピンク色の突起をあらわにしたクレアが月明かりで煌々（こうこう）と照らし出され、よく見える。

腰を掴み、強く腰を打ち付けるたびに、その胸が大きく揺れた。

花芽を同時に弄れば、ひと際高い嬌声が上がった。

「ああっ、んんぅ……っ！　あ、あっ、や、そこ、っ」

「──気持ちいい？　ここ？」

「同時……あっ、だめぇ……っ」

「ダメじゃないよね？　こっちも？」

腰を奥までぐりぐりと抉りながら、花芽を弄るのと同時に、胸の先端も強めに刺激し始めた。

クレアの中がさらにきゅっと締まる。

「俺、もうもっていかれそ……。クレアの中、気持ちよすぎて――ねぇクレア。気持ちいい？　ここも好きだよね？」

耳元に舌を這わせながら囁く。ぷっくりと尖った花芽を摘まみ、優しく扱く。

クレアの身体はルークに改造されたかのように、胸の先端も花芽も、最初より随分と大きくなり、そして敏感になった。

自分だけが知る彼女の身体の変化に、壮絶な喜びを感じている。

クレアはもうずっと、がくがくと身体を痙攣させていた。

「～～っ、ん、あぁっ、いっ、いっしょ、きもちい……っ！　ぁん……っ」

「ほら、奥もトントンしてあげる。……っ、ん、全部一緒、好きだね？　ここ、すっごいコリコリさせちゃって……ねぇクレア。ここ、摘まんでゴシゴシするのと……」

クレアの陰核はすっかり皮が剥け顔を出していた。ぷっくりと赤い。

子宮口を軽くノックするように腰を打ち付けながら、クレアの陰核を摘まみながらこする。

「あっ、んんぅ……っ！　は、やっ、あッン、ンン……っ！」

「……っ、ぐりゅぐりゅってつぶされるの――どっちが、いいっ？　ね……クレア……んッ」

「あ、ルー……クぅ……っ！　だめっ、それ……っ、や、やぁ、んッ、ああ～～……っ！」

愛液でトロトロになった陰核を今度は押しつぶすようにしながら左右に動かす。クレアの中がぎゅぎゅっと締まった。

目に涙を溜め、蕩けた表情のクレアが震えながらルークに手を伸ばす。

「ルーク……ぅ、ひぁ……っ、キス……んぅ、んッ、……キス、……してぇ」

真っ赤な顔で甘えた彼女に、愛しさが止まらない。

唇を押し付け、口腔内を蹂躙(じゅうりん)する。クレアがルークの首に手を巻き付け、ぎゅっと密着してきた。

(～～……っ、もう、かわいすぎて俺が死にそうっ！　クレア、イキっぱなしでぎゅうぎゅう締め付けてきて……っ、もう、持たない……っ)

その瞳が、表情が、大好きだと懸命に伝えようとしていた。

「……クレアっ、大好き……愛してる……っ！」

大きく腰を引き、一気にクレアの中に突きつけた。

ごつん、とクレアの奥に当たるたびに、クレアから言葉にならない声が出る。

ひと際大きくクレアが声を出し、ルークはクレアの最奥に自身のものを解き放った。

――抱き合ったまま、どくんどくんとクレアの中で自身の中心が脈打つ。

クレアはルークの身体に足まで巻き付け、二人は強く抱きしめ合ったままだ。

荒い息をようやく整え、彼女の中から自身の中心を抜いた。

ごろんと二人で空を見上げると、月明かりが淡い光を纏(まと)って、ぼんやりと空を照らしていた。

クレアがルークの手をそっと握った。

「――ルーク。……大好きですよ」

幸せそうに目を細めたクレアに、その手を強く握り返した。

「愛してる、クレア。……こんなとこで盛って——ごめん」

落ち着いた今、さすがに少しだけ反省している。

そんなルークを見てくすくすと楽しそうに笑ったクレアの首筋に思いっきりキスマークを付けた。

「こら、見えるとこはダメですよ……もう」と、クレアは苦笑する。

頭を首筋にぐりぐりとこすりつけていると、ルークの頭を優しく撫でながらクレアは言った。

「——いいですよ、別に。ルークになら何されても。人前では困りますし、嫌なことは嫌だって言いますけど。だって……するんでしょ？」

「え？」

「これ」

クレアは左手を空にかざした。

薬指には、ルークとおそろいの指輪。埋め込まれた宝石がきらりと輝いた。

それはルークが結婚を意味してクレアにプレゼントしたものだったけれど、クレアは返事を濁していたから、まだ当分先の話なのだろうと思っていた。

それでもいいと思っていたのに——。

「クレア……俺と結婚してくれるの？　ほんとに？」

「しないつもりだったんですか？」

あっけらかんと言ったクレアに、ルークの視界が滲む。

「～～っ、する！　するに決まってる！」

ぎゅうぎゅうとクレアを抱きしめ、またしても顔じゅうにキスを落とした。そんなルークを、クレアはくすぐったそうに笑いながらも、抱きしめた。

――しばらくした後でクレアは表情を引き締め、「もう一回洗いますよ。これでは洗った意味がないです」と再度湖に飛び込み、今度は各自別々に水浴びをすることになった。

†

採集を終え、クローディア大森林を無事に抜けた。

やはりあの石鹸の効果なのか、例の魔物たちが襲ってくることはもうなかった。

王都に戻り報酬をもらったクレアはご機嫌で、日々忙しく過ごしている。

相変わらず『スタンドアップ』の売れ行きは好調で、天蒼華の研究も順調。

今日もルークが帰ってきた。

「クレア～！　ただいまっ！　今日王都の外の演習場に行くって言っただろ？　そこの森でさ、ほらこれ！　天蒼華じゃない!?」

満面の笑みで小さな袋の中から青い花を差し出してきたルークに、クレアはスンとした顔になる。

「ルーク、これ毒草です。手、かぶれてないですか？」

「えっ!?」

愕然とした顔でパッと青い花から手を放したルークに、思わず苦笑する。

青い花の茎から出た液が、皮膚の弱い人だとかぶれる。口に入ってもお腹を壊す程度だけれど。

必死で手を洗ったルークは、クレアの背後から抱きつきながら、ぐりぐりと頭を首筋にこすりつけてくる。

「ねぇクレア～……、いつ結婚する？」

「……そうですねぇ、いつでしょうかねぇ？」

「明日？　明日する？」

「そんなわけないでしょう」

「…………」

むすっと頬を膨らませたルークが面白い顔になっている。知らんぷりして夕飯の用意をしていたら、ルークはにやりと笑い始めた。

「今度の水の日……リリスの森に連れていこうかと思ってたんだけど」

「えっ⁉　リリスの森⁉」

以前恋人になるときの条件だった、リリスの森への採集。魔物が活性化する時期だったため、まだ行けていなかった。

「どうする？　結婚する？」

どやぁ、としたり顔のルークに思わず笑みがこぼれた。

「それ、どんな交換条件なんですか？」

「だって！　あれからひと月も経つのにクレア結婚してくれないし！」

またしてもぐりぐりと顔を首筋に押し付ける。

どんな駄々っ子だ、と思いながらも、クレアはルークを無視したままスープの味見をした。

（うん、美味しい）

納得したように頷き、お皿にスープをよそう。今日はキノコたっぷりのミルクスープ。

「ほら、用意してください」

しゅんとうなだれたまま、ルークは食事をテーブルに運ぶ。背中が小さく見えた。

「あーあ。クレアの嘘つき」

「すぐにとは言ってません」

「……ひどい！　クレアは俺を弄んでる！　英雄騎士を弄ぶなんて……悪魔だっ！　いや、小悪魔？」

恨みがましい視線を向けた金髪の美男子に、またしても笑いが噴き出してしまった。

「じゃあ今度の水の日は、ルークのおうちにご挨拶に行きましょうか」

「まったくクレアは素材にしか興味が…………え？　うち？」

「嫌なら別に」

ルークの目が、みるみるうちに最大限まで見開かれていく。

ヘーゼルの瞳に、きらきらと星が舞っているようだ。

ルークがクレアに飛びつくまで……あと十秒。

きっと、クレアを抱きかかえ、またくるくる回すのだろう。あれはなかなか目が回るのだけど。

でもそれを微笑ましく、そして楽しんでいる自分がいる。

ある日を境に、方向音痴の英雄騎士様の座標になってしまった。

でも——溺愛は遠慮します。…………人前ではね。

◆おまけ　～春光祭は仮装とともに～◆

　この国では、春光祭と呼ばれるお祭りがある。

　種まきが始まる前に豊作を願っておこなわれるのだが、国を挙げての大々的な祭りであり、老若男女問わず全員参加が原則。参加していない者の方が目立ってしまうというイベントだ。

「俺……春光祭は警備に駆り出されることになったんだ。クレアと一緒にいたかったのに」

　ソファでクレアを背後から抱きしめながら、ルークはいつも通り首元に顔を埋め、ぐりぐりと擦り寄る。

　先ほど口に入れてもらった高級チョコレートがあまりにも美味しくて、話を危うくスルーしかけた。ルークが買ってきてくれるこのチョコレートは、自分では決して買うことがないお値段。毎回一粒ずつ丁寧に堪能している。

　香りだけで深みと上品さを感じさせる。口に含めば濃厚さがありつつも、まろやかで絶妙な甘さが広がる。こういう時はルークに擦り寄られようとも、くすぐったかろうとも、大人しいままだ。話すら聞こえていないことの方が多いが、今回はちゃんと耳に入った。

「――ああ、春光祭ですか。私も例年通りお昼まで仕事ですよ」

「クレアは……なんの仮装するの？」

「そういったことに興味はないので、毎年お手軽に簡単な装飾を使い回してます」

春光祭の約束ごとは――仮装である。

簡単なものから凝ったものまで、なんでも良い。凝る人も多く、全身なにかの役になりきり仮装をする人や、専門店にわざわざオーダーする人もいる。

「クレアの仮装、見たいんだけど」

「私は本当に仮装と呼べるほどのものではないです。魔女帽子被るだけですよ。何かしてないと逆に目立つので」

「そうなんだ……あーあ。なんで俺、仕事なんだろ」

「パレードもありますし、人手は必要でしょうね」

「クレアもパレード見る？」

春光祭は国を挙げたイベントのため、王族がパレードをするのだ。王族も仮装。周りを警護する近衛騎士たちも仮装。誰も彼もが仮装をしていて、防犯上危険ではないのかと思わなくはないが、まあ色々対策がされているらしい。

「毎年ちらっとは見てますよ。遠目ですが」

少し遠い目になる。全く興味がないものの、マリーおばさんや近所の子、お客さんなど、毎年誰かが誘い出しに来る。ぐいぐい引っ張られ、花びら舞い踊るパレードを見るのが常。

「俺、今回はパレード担当じゃなくて、王宮前のイベント警備担当なんだよなぁ。あ、ルストラリエも出店するらしいから良かったらクレアもおいでよ」

「……行けたら行きます」

「それ、全然来たくないやつ」

あらぬ方向を見ながら言ったクレアの意図に気づいたルークは、しゅんと肩を落とした。

「あそこ、人混みがすごいじゃないですか。よっぽどじゃない限り行きたくないんですよね」

「うん、クレアならそうだよね。大丈夫。分かってる」

分かってる、と言いながらもルークは大きなため息をつく。クレアの口に高級チョコレートを放り込み、またしても頭をぐりぐりと首筋に擦り付けた。

そのうち、首筋にぱくりと噛みつき、はむはむと甘噛みし始めた。

「——お腹空いたんですか?」

「クレアが食べたいだけ」

振り返ったクレアに、ルークはふふっと笑ってキスをした。濃厚な、チョコレートの味がした。

✝

春光祭の日は、出店以外はどこも午前中で仕事を終える。

毎年恒例の魔女の帽子を取り出し、それを被ったまま仕事をしていたクレアも、ようやく閉店作業が終わったところだ。

クレアはかれこれ四年程、この魔女の帽子を使い回している。なにか仮装をしているという事実が重要であり、それが安っぽかろうが、みすぼらしかろうが、どうでも良いのだ。

仮装をしていない場合、どうなるかというと……。

『ん～……、それなんの仮装だろう……。あ、待って、言わないで。自分で当てるから！　うーん……、あ、今歌劇場でやってる演目に出てくる町娘Bの仮装!?』

『いや、それなら町娘Dじゃないか？』

『違うわよ。これはきっと居酒屋マスカレードの看板娘、アリサちゃんの仮装よ！』

見ず知らずの人からも間違い探しのようにしげしげと観察され、人が集まり、かえって目立つ。

――クレアの経験談である。

（あんな思いは二度としたくない……）

遠い目になるクレアは、十人ほどの男女に囲まれ、なんの仮装なのか当てるゲームの対象にされたときのことを鮮明に思い出していた。

そのとき、コンコンと店の扉をノックする音がした。

「クレアちゃーん！　こんにちは～！」

来たのはレナだった。

身体にフィットする足首まである黒のドレスは、太ももから大きくスリットが入っている。

頭には黒く尖った二本の角のカチューシャ。お尻からは先っぽがハート型の黒い尻尾がついていて、手には先端が三つに割れたフォークのような杖を持っていた。

クレアは初めて見る仮装スタイルに目を大きく見開いた。仮装としては初めて見るがこれは――昔、絵本で見たことがある。

「レナさん、とってもかわいいですね。――虫歯菌の仮装ですね！」

国民的ベストセラーの絵本『むしばにしちゃうぞ★』に出てくる虫歯菌の姿に酷似している。

あのフォークの杖なんてまさにそれだ。あれで歯をほじくるのだ。

「……っ!? 違うわよ、なんでそうなるのよ!? これは悪魔！ 色っぽい小悪魔スタイルよぉ!? 今年、うちの店のイチオシ商品なのに……虫歯菌って。その発想、逆に驚いちゃったわ……」

苦笑していたレナは、その後にこっと笑い「これプレゼント」と袋を差し出した。

中をごそごそと取り出すと――黒いワンピースと黒い猫耳のカチューシャが入っていた。

「お願いクレアちゃん！ 販売促進に協力して！」

なんだこれは？ と小首を傾げたクレアに、レナは両手を合わせて拝むポーズをしながら、必死の形相をした。どうやら彼女が勤務する服屋『スピシュール』が、そこの服を着て集うというイベントをするらしい。それにあと少し人数が足りないとこのことだ。

本来なら即拒絶したいところだが、レナの必死な様子と、上客の彼女には散々世話になっているということで、受け入れることにした。

(木を隠すには森の中って言うし。おんなじ格好してる人がたくさんいるなら、私が目立つこともないでしょ)

そう気楽に考えていたのだけれど、ついでに化粧までレナにしっかりとされてしまったのだった。

†

パレードを見て軽食を食べれば、すでに日が沈み始める時間。

パレードでは、騎士の仮装をしたシュナイゼルの隣に、精霊のような格好（腰に剣は所持）をした近衛騎士ティアリアが並んでいた。シュナイゼルの職権乱用なのではないか？　と思われるほどティアリアが美しかった。

レナの言っていたイベントは、王宮前の一番人が集まる場所で行われる。面倒だが、レナが「いつもの店舗では食べられない名店の出店用料理を確保してるから！」との言葉に「……仕方がないですね」と釣られている。

想像通りの人混み。スピシュールの服を着た集団にまぎれ、クレアは用意された席で料理を食べた。店舗で食べる繊細な料理も良いが、こういう食べ歩きが出来るものもまた良い。

すっかり辺りは暗くなり、イルミネーションが美しく輝き、盛り上がりは最高潮を見せていた。

（ルークもどこかで仕事してるんだろうな）

こんな人混みでは彼を見つけることも出来ないだろう。それに仕事中のルークを邪魔するつもりはまったくない。彼はクレアを見つけたら飛びつきそうだから、会わないに越したことはないのだ。

――そう思ってイルミネーションに視線を移した時……金色の頭が見えた気がした。

え？　と思ってそちらを見ると……顔の上半分に仮面をつけ、長く黒いマントを羽織った金髪の男性が、ずっとこちらに顔を向けている。

(……ルークだ)

仮装していようとも、すぐに彼だと分かる。

クレアは思わず、あ、と顔をそむけた。さすがにこの格好を見られるのは恥ずかしい。

(今、目が合った？　いや、人混みだから分かんないよね。……そろそろ帰ろ)

レナに帰ることを伝えると、レナの店のイベントも大成功だったらしく大層感謝された。

協力出来たことに安堵し、人混みを避けるように王宮の広場の端っこを通っていると――ぐいっと手を引っ張られ、背の高い植え込みの陰に連れ込まれた。

「……ひっ」

思わず声が出た。けれど背後から抱きしめてくるその感触は非常に覚えがあり、頬を緩ませる。

「――ルーク」

「クレア……なにその格好」

「え？　ああ、これは常連客の服屋のレナさんが販売協力してくれって……んっ！」

ルークが、自身の唇でクレアの唇を塞いだ。

口腔内に舌が入ってくる。すぐそばで、祭りの喧騒が聞こえているというのに。

「ルーク！　仕事ちゅ……っ、でしょ！」

「ちょうど交代時間で変わったところ。俺はもう終わり。……ねえ、なんでこんな服なの？　こんなにスカート短くて、足出して……胸もこんなに開いて――こんなに化粧までして」

マントにクレアを隠しながら足を触るルークに、クレアは出そうになる声を懸命に押し殺した。

舌を吸われ、上あごをなぞられる。たくし上げられたスカートの下で、クレアのお尻をぐにぐにと揉まれた。

「……っ、～～……んっ」

いや、化粧はレナにされただけだし、おんなじ格好してる人もいるし、と反論したいところではあるが、そんな隙はない。

「それに、なにその耳……。俺のこと殺す気なの……？」

ルークの顔を見上げると――彼は瞳を潤ませ目元を赤く染め、すでに興奮しきっているようだ。

（あ、これは――やばいやつ）

「ルークッ！　仕事終わったなら帰りましょう！　い、一、緒に！」

「…………帰る」

ルークが仮面をつけていたのは幸いだった。手を引き、足早に家に戻れば――。

鍵を閉めるなり、一階の店舗スペースでルークがクレアの胸を揉み始め、グイっと胸元の服を下げた。リボンのコルセットベルトが付いた黒いふんわりした膝丈のワンピース。胸だけをポロンと露出され、驚いた。

「ルークっ、ここ一階……っ、あ……っ」

一階も一階。鍵は閉めたが扉の前だ。

お祭りで通りを行きかう人も多い。――というのに、彼は扉を一枚隔てただけの場所で、クレアの

胸にぱくりと吸い付いた。明かりもつけていないのにぼんやりと明るいのは、外のイルミネーションのせいだろう。

ルークはクレアの胸の先端をぐりぐりと弄り、舌で転がす。同時にショーツの中に手を突っ込み、花芽と蜜壺を弄り始めた。

ぐちゅ、ぐちゅ、と淫らな音がする。

通りを歩く人の声がするたびに、クレアは自分の口を手で塞ぎ、懸命に声を抑える。

「クレア……クレア。もうっ、かわいすぎる……っ！」

耳元で囁くルークは、後ろからクレアに自身の剛直を突き刺した。

「～～……っっ!?　っ、……ッッ！」

倒れないよう玄関扉に手をついたクレアは、つま先しか足が床についていない。最奥が、抉られる。

「るー、く……っ、ここじゃ、ダメ……ぇっ」

「クレア、猫はニャアって鳴くんだよ。ねぇ、……っ、クレア。ニャアだよ」

懸命に口を閉じ、声を押し殺そうとするクレアの口の中にルークは自分の指を入れた。口が閉じられず、声が漏れてしまう。

「あっ、……んンンっ、あ」

「ねえクレア。声、外に聞こえちゃうかも。——ニャアって言ったら、やめてあげるから」

「……っっ、んぅ……っ！　ツッう、に……にゃ、あぁ……んっ！」

「～～……ッツ！　はぁ……っ、かわいすぎるっっ！」

ズン……ッ。

さらに深く抉られ、声にならなかった。ルークは口から指を抜き、くるりとクレアの身体を反転させた。自身の首に掴まらせながら、何度もクレアを揺さぶる。

「や……っ、やめるって……言った……ぁっ、んぅっ、あっ」

「っ、ん、口に指を入れるのを、ね。大丈夫、俺が口……塞いでて、あげるから」

そう言ってルークはクレアの唇を自身の唇で塞ぎ、熱いほどに舌を絡めながら——クレアの中に精を放った。

✝

——一晩中クレアを抱き続けたルークが、翌朝説教されたのは……言うまでもない。

「え、だってあんなかわいい恋人見て、発情しないとかある？　なんなのあの服。今度一緒に買いに行こう。俺が店中の服買ってあげる。いや、買わせて！　そんで着てくださいっ！」

「全然反省してないですね!?　一階では駄目だっていつも言ってるのに！　もう知りませんっ！」

ぷいっとそっぽを向いたクレアに、ルークは必死で謝りたおしていたが……。

(黒猫クレア、超絶かわいかった……っ！　会ったことないけど服屋のレナさん、超ナイス！　ありがとうっ！　絶対また着てもらう……！)

——まったく凝りてなどいなかったのだった。

あとがき

はじめまして。月白セブンと申します。

この度は『方向音痴な英雄騎士様の座標になったようです～溺愛は遠慮します～』をお手に取っていただき、誠にありがとうございます。

ルークの方向音痴のモデルは私です。自分がどっちから来たのかすぐ分からなくなるし、スマホのマップがあんまり機能しない建物内だと、ずっと右往左往しています。通った場所の記憶が一切ありません。高校の時のホームステイでステイ先と逆方向の電車に一人で一時間ほど乗っていたこともあり、間違いにようやく気づいた時は絶望と号泣（スマホはおろか携帯電話も持ってなかったし、ステイ先の住所も覚えてない）でした。親切そうな女性に泣きついて助けてもらいましたが……なぜその電車に飛び乗ったのか、今でも分かりません。

こんな方向音痴をモデルにした話を憧れの一迅社メリッサ様にお声がけいただいたときは、もう狂喜乱舞です。あのメリッサ様の読者様にこの話で良いのか？　とも思いましたが、そこは担当様を信じることにしました。読者の皆様に少しでもお楽しみいただけたら、これ以上の喜びはありません。

心に傷を負い、人を拒絶したクレアがルークに出会って癒されていく様子と、全力全開「クレア大好き！」なわんこルークの様子が伝わると嬉しいです。

とんでもなくかわいい猫風スン顔クレアと、かっこいいのに可愛い、わんこ風ルークを描いてくださった三廼先生。キャラデザを拝見した瞬間にもう大好きすぎて「めちゃくちゃかわいいんですけどっ!?」と叫びました！　素敵なイラストを本当にありがとうございました！

たくさんのアドバイスを下さった担当編集者様をはじめ、この本の制作に携わってくださった全ての皆様。本当にありがとうございます。

そしてこの本を手に取ってくださった読者様に、心からの感謝を申し上げます。この作品で少しでも笑顔になってもらえることを願って――。

悪役令嬢と
鬼畜騎士
著▶猫田　イラスト▶旭炬

方向音痴(ほうこうおんち)な英雄騎士様(えいゆうきしさま)の座標(ざひょう)になったようです
～溺愛(できあい)は遠慮(えんりょ)します～

月白セブン

2024年3月5日　初版発行

著者　月白セブン

発行者　野内雅宏

発行所　株式会社一迅社
〒160-0022　東京都新宿区新宿3-1-13　京王新宿追分ビル5F
電話　03-5312-7432（編集）
電話　03-5312-6150（販売）
発売元：株式会社講談社（講談社・一迅社）

印刷・製本　大日本印刷株式会社

DTP　株式会社三協美術

装丁　AFTERGLOW

ISBN978-4-7580-9620-1